AF191086

Barbara Oetting
Life Island

Barbara Oettinger

"Life Island"

Eine Überlebensgeschichte nach der Diagnose Leukämie

© 2004 by Barbara Oettinger
Herstellung und Verlag: Books on Demand GmbH, Norderstedt
Einbandgestaltung: Günther Pritzkow, Königsbach-Stein
ISBN 3-8334-1090-6

Vorwort

"Life Island" - eigentlich ein schöner Titel für ein Buch. Klingt so nach Sonne, Meer, Urlaub, Erholung, ja, nach "Leben"! Und das Leben hängt tatsächlich davon ab, denn mit "Life Island" wird die sterile Einheit oder das "Zelt" bezeichnet, in dem Knochenmarktransplantierte ihrem neuen Leben oder dem Tod entgegensehen. Eine Krankenschwester definierte den Begriff recht treffend, indem sie erklärte, man nenne das Zelt "Lebens-Insel" (wörtlich übersetzt), weil man danach "reif für die Insel" sei. Sie sollte Recht behalten. Aber zu diesem Zeitpunkt war mir die gesamte Tragweite dessen, was mich noch erwarten würde, nicht bewusst. Doch alles der Reihe nach ...

Zwei Gründe bewogen mich, dieses Buch zu schreiben. Der eine lag in einem Buch von Dorothy C. Wilson mit dem Titel "Um Füße bat ich und er gab mir Flügel". Die Geschichte ermutigte mich damals sehr. Im Blick auf einen Menschen, der noch viel mehr Schmerzen und Entbehrungen als ich erleiden musste, konnte ich meine Krankheit leichter ertragen. Vielleicht kann mein Buch ebenfalls dazu beitragen aufzuklären, anderen die Angst zu nehmen und Mut zu machen.
Der zweite Grund waren meine lebendigen Erfahrungen mit Gott, mit der Kraft des Gebets und mit den vielen Menschen, die mich in dieser schweren Zeit so treu begleitet haben. Weitergeben möchte ich außerdem die oft lustigen, aber auch die traurigen Erlebnisse mit meinen Mitpatientinnen und dem Pflegepersonal, die wertvollen Gespräche, die Nöte und Ängste und die Hoffnungen. Für mich waren und sind das alles Gründe, von meiner Krankheit zu erzählen.
Man kann es nicht für sich behalten, wenn einem das Herz voll ist.

Danken möchte ich damit auch:

- meiner Schwester Karin, die mir ganz selbstverständlich und selbstlos ihr Knochenmark gespendet hat, ohne das ich nicht mehr am Leben wäre
- meinem Mann Markus, meinen Familien, Freunden und allen Betern, die in Liebe und Treue zu mir gehalten haben
- meiner Hausärztin Dr. Zeise-Süss, die mich damals erst genommen und richtig behandelt hat und die mir noch heute mit Rat und Tat zur Seite steht
- den Ärztinnen u. Ärzten, Schwestern und Pflegern, sowie den Therapeuten der Medizinischen Uniklinik Tübingen, die die Transplantation nicht nur mit ihren medizinischen Kenntnissen und Fähigkeiten, sondern vor allem mit ihrer lieben, menschlichen Pflege möglich gemacht haben
- nicht zuletzt Pfarrer Gerhard Weber i.R., der uns über seinen Dienst hinaus seelischen Beistand geleistet hat
- meinem Fotofreund Günther für die Bearbeitung der Fotos und für die Gestaltung des Covers
- außerdem meiner Lektorin Ulla Höfker, die mir bei der Gestaltung und Fertigstellung des Buches geholfen haben.

Gewidmet meinen Mitpatientinnen und im stillen Gedenken an diejenigen, die mitgelitten, mitgekämpft, es aber leider nicht mitüberlebt haben:

- Gudrun Grothe (53)
- Renate Golling (50)
- Frau Götz (35)
- Inge Kraus (26)
- Monika Wochelen (31, 4 Kinder!)
- Frau Gloss
- Frau Ulmer
- Gitte Jansen (47)
- Marion Rees (25)
- Renate Minich (44)
- Iris Weber (30)
- Esther Kuhs (30, 5 Kinder!)
- Ines Riemenschneider (23)
- Edith Bachhäubl (44)
- Anneliese Döring (60)

Gott zur Ehre, der alles in seiner Hand hält und niemals einen Fehler macht !!!

Inhalt

Die Ungewissheit

Diese Woche, am 13.09.2003, feiere ich meinen 9. Geburtstag! Was? Sie glauben mir nicht?

Es stimmt aber, denn an diesem Tag vor neun Jahren bekam ich mein Leben noch einmal neu geschenkt, und zwar durch eine Knochenmarktransplantation. Eben dieses Datum nehme ich nun auch zum Anlass, endlich all die Höhen und Tiefen niederzuschreiben, die ich durchlebt habe und nicht mehr vergessen kann.

Angefangen hatte die ganze Geschichte noch recht harmlos. Am 25. November 1993 lud man mich zu einem Blutspendetermin ins hiesige Städtische Krankenhaus. Elf Jahre lang nahm ich diese Termine wahr, da ich die wertvolle Blutgruppe 0 mit Rhesusfaktor negativ hatte. Mit dieser Blutgruppe kann man allen anderen Blut spenden, man selbst kann aber nur diese empfangen.

In der Blutzentrale des Krankenhauses wurde mir dann jedoch erklärt, dass meine Blutwerte das letzte Mal nicht in Ordnung gewesen seien und ich zuerst zur Ärztin zum Bluttest müsse. Mit Eisentabletten schickte mich diese dann bis zum nächsten Termin, vier Wochen später, wieder nach Hause.

Damals merkte ich selbst schon, dass mich viele Dinge aus der Ruhe brachten und ich schneller müde wurde als früher. Zum Beispiel brauchte ich beim Aufräumen viel länger als sonst und kam beim kurzen Fahrradfahren ins Büro total außer Atem.

Bis zum nächsten Termin am 13. Januar 1994 war mein Blutbild noch schlechter geworden.

Keiner konnte mir erklären, woran es lag. Man schickte mich wieder nach Hause. Nun begann eine wahre Ärzte-Odyssee. Meine Hausärztin vermutete eine Schilddrüsenfunktionsstörung bzw. einen Vitamin B12- und Folsäuremangel. Aber die Spritzen, die ich daraufhin bekam, zeigten keine Besserung.

Danach wurde ich bei meinem Frauenarzt vorstellig, bei dem ich kurz zuvor wegen Endometriose in Behandlung gewesen war. Er hatte mir im Mai 1992, ein halbes Jahr nach unserer Hochzeit verkündet, dass ich wahrscheinlich keine Kinder bekommen könnte. Damals war ich ziemlich erschüttert und heulend nach Hause gefahren. Da ich in einer großen Familie aufgewachsen bin und meine drei Geschwister alle mit Kindern gesegnet sind, konnte ich es mir einfach nicht vorstellen, kinderlos bleiben zu müssen. Deshalb hoffte ich nun, ich wäre vielleicht doch schwanger. Aber leider tippte mein Gynäkologe auf eine Anämie und riet mir zu einer Knochenmarkuntersuchung.

Zur selben Zeit bekam ich dann auf einmal auch Probleme mit Hämorrhoiden, die mir solche Schmerzen bereiteten, dass ich den Stuhlgang am liebsten unterdrückt hätte. Auch beim Sitzen und sogar beim Stehen im Büro an meinem Zeichenbrett kamen mir bald die Tränen, so schlimm wurde es. Der Gewissenhaftigkeit meiner Hausärztin habe ich es mit zu verdanken, dass ich noch am Leben bin. Sie schrieb mich sofort krank und überwies mich zu verschiedenen Fachärzten. So pilgerte ich von Arzt zu Arzt, von Termin zu Termin, von Labor zu Labor. Doch leider konnte mir immer noch niemand sagen, was ich hatte.

Nun dachte ich sogar, dass es sich um eine psychosomatische Störung handeln könnte und ich mir vielleicht alles nur einbilden würde, weil ich nicht schwanger werden konnte. Aber es ging mir ja offensichtlich immer schlechter. Ich war bereits die zweite Woche krankgeschrieben, als ich nach Verätzung der Hämorrhoiden eine Infektion bekam. Ich konnte vor Schmerzen nicht mehr schlafen, hatte Schweißausbrüche, und meine Lymphknoten in der Leistengegend waren taubeneigroß angeschwollen. Langsam dämmerte mir, dass dies alles mit meinen schlechten Blutwerten zu tun haben müsse.

Meinem Internisten dauerten dann auch all die Untersuchungen zu lang. Er wollte mich mit Verdacht auf Perniziöse Anämie ins Krankenhaus einweisen. Zu Hause hatte ich in einem Medizinbuch unter dem Stichwort "Bluterkrankungen" bereits gelesen, dass diese Art der Anämie tödlich enden könne. Mein Internist meinte aber, er hoffe, dass es *nur* (!?) diese Erkrankung sei, da sie heute gut zu behandeln wäre. Was dies "nur" bedeutete, wurde mir erst viel später klar!

Meine Mutter und meine Schwester Nora drängten mich schon die ganze Zeit, mich in einem Krankenhaus untersuchen zu lassen, da sie miterlebt hatten, wie meine Cousine mit 24 Jahren an Leukämie gestorben war. Mein Ehemann Markus konnte alles immer noch nicht so recht einordnen. Er hatte außerdem gerade genug eigene Sorgen in seinem Beruf als Maschinenbautechniker. Seine erste Stelle nach der Technikerschule wurde ihm gekündigt, und er hatte noch keine neue in Aussicht.

Den Geburtstag meiner Mutter am 21. Februar 1994 konnte ich noch mitfeiern, aber am darauffolgenden Tag musste ich im Krankenhaus einrücken, in dem gleich einige Routineuntersuchungen (EKG, Röntgen, Sonographie, Blut) vorgenommen wurden. Unter anderem musste ich auch meine erste Beckenkamm-Biopsie (Knochenmarkpunktion) über mich ergehen lassen, vor der ich doch etwas Angst hatte. Es war ein merkwürdiges Gefühl, aber auszuhalten. Danach war ich erst einmal erleichtert.

Abends kam der Professor persönlich, um mir das Ergebnis mitzuteilen. Das war schon etwas ungewöhnlich, beunruhigte mich zunächst aber nicht. Ich wollte endlich wissen, was mit mir los war. Allerdings merkte ich, dass es dem Professor schwer fiel, denn er druckste herum, ich müsse verlegt werden und sie hätten einen Verdacht.

Zunächst dachte ich natürlich an eine Verlegung innerhalb des Krankenhauses. Aber sie boten mir zur Wahl entweder Freiburg, Ulm, Tübingen oder Karlsruhe an. Der Professor empfahl mir Tübingen, da man in Karlsruhe zwar eine Chemotherapie aber keine Knochenmarktransplantation durchführen könne. Nun fragte ich doch erst einmal, was dies für ein Verdacht sei. Und erhielt als Antwort: "Verdacht auf Leukämie."

So, nun war´s raus. Ich war damals dreißig Jahre alt.

Auch wenn es viele nicht glauben konnten, aber irgendwie war ich nach dieser Mitteilung sogar beruhigt. Nun wusste ich endlich, woran ich war und dass ich mir nicht alles nur eingebildet hatte. Ich rief sofort meinem Mann im Büro an und teilte ihm die Neuigkeiten mit. Er wirkte gefasst. Nur: wie sollte ich es meiner Mutter beibringen!? Sie wusste besser als ich, was Leukämie bedeutet. Also entschloss ich mich, zuerst meine Schwester Nora telefonisch einzuweihen. Sie sollte es dann unserer Mutter schonend beibringen. Natürlich war auch sie geschockt. Damit hatte doch keiner gerechnet. Alle hatten gehofft, dass es etwas Harmloses sei.

"Zufällig" - ich setze das Wort in Anführungszeichen, weil ich nicht an Zufälle glaube - las ich zu der Zeit gerade in dem Buch "Jesus, unser Friede" von Wilhelm Busch das Kapitel "Wie kann Gott das zulassen?". Seltsamerweise stellte ich mir gar nicht die obligatorische Frage nach dem "Warum", sondern nur die nach dem auch von ihm beschriebenen "Wozu".

Was war der Sinn und Zweck dieser Krankheit?

Kurz möchte ich einige Zeilen aus diesem Buch zitieren:

"Wenn´s gut ging, dann waren wir es. Wenn es schief ging, dann war es der liebe Gott...
Sehr vieles von dem Elend in dieser Welt ist unser eigenes Gewächs...
Es kommt nicht darauf an, dass Sie begreifen, warum Sie dieses Elend durchmachen müssen. Fragen Sie sich lieber: wozu?
Mich hat Gott oft gerufen, aber ich habe nicht gehört.
Lieber gelähmt in den Himmel gehen, als mit zwei gesunden Beinen in die Hölle springen...
Wenn Sie ein Kind Gottes geworden sind, drückt Sie alles nicht mehr so sehr, weil Sie eine lebendige Hoffnung auf das ewige Leben haben ..."

Über all das machte ich mir abends noch meine Gedanken und war eigentlich ganz ruhig. Nur als ich "unsere" irische Musik hörte, kamen mir die Tränen. Mein Mann und ich hatten im Sommer 1993 eine herrliche Zeit in Irland verbracht. Sollte dies vielleicht für längere Zeit unser letzter größerer Urlaub gewesen sein!?
Danach ging alles recht schnell. Schon zwei Tage später, am 24. Februar, sollte ich nach Tübingen verlegt werden. Telefonisch startete ich noch einen Rundruf, damit meine Familie mir das Nötigste zusammenpacken konnte. Als ich mich am Krankenwagen von Markus verabschiedete, fühlte ich irgendwie gar nichts, weder Traurigkeit noch Schmerz noch Angst.

In der Bibellese stand für diesen Tag folgender Vers aus
Johannes 12, 25:
*"Wer sein Leben lieb hat, der wird's verlieren; und wer sein
Leben auf dieser Welt hasst, der wird's erhalten zum ewigen
Leben."*

Dank für die bisherige Gesundheit

Krank, das waren bisher nur andere.
Und jetzt bin ich krank.
Sogar so krank, dass ich ins Krankenhaus musste.
Jetzt erst geht mir auf, wie gut es mir bisher ging
- einigermaßen wenigstens.
Jetzt begreife ich,
was für ein Geschenk Gesundheit ist.
Dass ich so lange gesund war,
dafür will ich dir, Gott, danken:
"Ich danke dir, Herr, denn du bist gut zu mir.
Deine Liebe hört niemals auf."
(aus Psalm 107)   *(Bernhard Brauer)*

Auf unbekanntem Weg

In Tübingen angelangt, wurde ich zunächst in der Notaufnahme untergebracht. Ganz allein in einem Zimmer saß ich da und wartete auf den Arzt, einen Dr. Sch., der mich zuerst fragte, was meiner Meinung nach die Ursache für diese Erkrankung sei und ob ich beruflich mit Farben und Lacken zu tun hätte. Ich erzählte ihm von meiner Hormonbehandlung gegen die Endometriose und von meiner an Leukämie gestorbenen Cousine. Dr. Sch. erklärte mir, dass mehrere Faktoren, wie zum Beispiel Veranlagung, Umweltfaktoren und auch seelischer Stress verantwortlich sein könnten. Er informierte mich über die Krankheit, ihre Folgen, den Ablauf der Therapie und mögliche Nebenwirkungen der Chemotherapie. Er ließ kaum eine Kleinigkeit aus, war sehr ehrlich und wunderte sich vielleicht, wie gefasst ich die ganze Sache aufnahm. Abwarten, dachte ich, nun bin ich erst mal hier. Immerhin meinte er, bestünde bei Leukämie am ehesten Hoffnung auf Heilung. Das klang doch schon mal positiv, und warum gleich Angst haben und sich Gedanken machen, was alles sein könnte ...

So voller Zuversicht ging ich hinunter zum Kiosk am Eingang, wo ich mir eine Zeitschrift kaufen wollte. Dem Herrn an der Kasse gab ich einen 50-Mark-Schein, da ich es nicht kleiner hatte, wie ich ihm auch erklärte. Darauf meinte er recht unfreundlich: "Ja, ja, so isch die heutige Jugend. En Haufe Geld in de Dasch ..." Überrascht und leicht verärgert antwortete ich ihm: "Wenn ich weniger Geld hätte, dafür aber gesund wäre, wär´s mir auch lieber." - "Es wird scho net so schlimm sei!" entgegnete der Mann. - "Also, ich finde, Leukämie ist schlimm genug!" Damit nahm ich meine Zeitschrift und ging wieder auf mein Zimmer.

Dort duschte ich und wusch meine Haare, was ich sehr genoss.

Die Tatsache, dass man bei einer Chemotherapie die Haare verliert, war mir natürlich bekannt, aber dies kümmerte mich in dem Moment noch nicht. Als ich dabei war, meine Haare zu föhnen, klopfte es an der Tür. Es war Markus! Ich war völlig überrascht, ihn zu sehen! Immerhin fährt man fast ein-einhalb Stunden von Pforzheim bis nach Tübingen. War ihm nun bewusst geworden, was diese Krankheit für uns bedeu-tete? Die ganze Zeit vorher war er nur mit seinen beruflichen Problemen beschäftigt gewesen. Markus war in seinem El-ternhaus auch noch nie mit Krankheiten konfrontiert wor-den. Ich dagegen erlebte zu Hause die Magenkrebserkrankung und den Tod meiner Oma. Auch mein Vater war nach Herz-infarkt und Schlaganfall zwölf Jahre krank, bis er im Jahr 1993 starb. Ich wusste, wie eine Krankheit auch eine Ehe belasten kann. Wenn man heiratet, verspricht man sich, in guten und in schlechten Tagen füreinander da sein zu wollen. Insgeheim hofft man aber, dass die schlechten Tage bitte erst im Alter kommen mögen. So früh hatten Markus und ich bestimmt nicht damit gerechnet, denn seit unserer Hochzeit 1991 war ich nun jedes Jahr einmal im Krankenhaus gewe-sen.

An diesem Abend hatten wir endlich mal wieder viel Zeit füreinander. Wir redeten und redeten.

Eine Krankenschwester brachte Markus sogar noch etwas zu essen, und es wurde ein ganz gemütlicher Abend, wie schon lange nicht mehr. Ich war happy!

Nun fiel es mir auf einmal schwer, allein hierbleiben zu müs-sen. Beim Abschied kamen uns beiden die Tränen. Nur ein einziges Mal, am Grab seiner Großmutter, hatte ich Markus weinen sehen. Er sagte, er wolle mich nicht verlieren und würde zu mir halten.

In dieser Nacht lag ich noch lange wach, da Vollmond war und die Nacht sehr hell und weil mich so manches beschäftigte. Wie am Tag zuvor kam mir unser wunderschöner Urlaub in Irland in den Sinn. Was hatte Gott jetzt mit mir, mit uns vor?

Alles ist durcheinander geraten

Die Krankheit hat mir die Sicherheit genommen.
Zu Hause kannte ich mich aus.
Alles war mir vertraut, alles hatte seinen Platz.
Es ging alles seinen gewohnten Gang.
Hier kenne ich mich nicht aus.
Alles ist mir fremd, die Zimmer, die Wände, die Decke,
die Bilder, die Gesichter, der Geruch.
Mein Gott, ich hänge in der Luft.
Bin ich hier ein Nichts?
Nur ein medizinisches Problem? Ein Fall?
- oder doch ein Mensch?
Aber doch nur irgendeiner, einer von vielen.
Bisher war ich jemand.
Im Beruf wusste ich, was ich wollte und was ich konnte.
Jetzt weiß ich nur, was ich will: gesund werden.
Ob ich es auch kann?
Bisher hatte ich Boden unter den Füßen.
Mein Leben habe ich selbst in der Hand, dachte ich.
Jetzt entgleitet mir alles.
Ich meine zu fallen.
Wohin, mein Gott, wie weit? Das frage ich dich.
Gib du mir Halt, sei du meine Sicherheit, trage mich!
Ich verlasse mich auf dich, mein Gott.
(Knut Wenzel Backe)

1. Chemotherapie

Am nächsten Tag wurde ich dann auf die "richtige" Station verlegt. Mein erster Eindruck war nicht gerade einladend. Die Schwestern liefen teilweise mit Mundschutz herum, der Flur war düster, und ich sah kaum mal eine Patientin. Ich kam in ein 2-Bett-Zimmer zu einer jüngeren Frau, die aber noch am selben Tag entlassen wurde. Es blieb mir nicht viel Zeit zum Grübeln, Fragen oder Erzählen, denn mir wurde gleich Blut genommen, und es kam ein Arzt, Herr Dr. S., um erneut eine Punktion zu machen. Dies geschah zu meiner Überraschung nicht wie in Pforzheim in einem Operations-saal, sondern einfach auf dem Zimmer. Es tat diesmal ziemlich weh, wahrscheinlich weil ich wusste, was mich erwarte-te, und ich deshalb angespannter war. Nun dachte ich auch, ich würde hier vielleicht eher als "Fall" behandelt werden denn als Mensch und dass für die Ärzte und Schwestern alles schon Routine wäre. Deshalb fühlte ich mich nicht gerade wohl, aber mein erster Eindruck sollte sich bald als falsch erweisen.

Die Schwestern erklärten mir, dass ich in der ersten Zeit noch keinen Kontakt zu den anderen Patientinnen nebenan haben sollte, damit ich mich erst einmal an die neue Situation ge-wöhnen könnte. Dafür wurde eine ältere Frau von 73 Jahren zu mir aufs Zimmer gelegt. Sie war wegen einer Lungen-embolie eingewiesen worden, war an Geräte mit Infusionen - Infusomaten, wie ich später dazulernte - angeschlossen und durfte nicht aufstehen. Die Geräte führten ein lärmendes Ei-genleben. Sie waren dazu da, die Flüssigkeiten aus den Infusionsflaschen gleichmäßig in den Blutkreislauf tropfen zu lassen, und sie gaben schrillen Alarm, wenn eine Flasche leer oder Luft im System war. Ein Gewirr aus Kabeln machte aus Mensch und Maschine eine Einheit.

Bald schon war auch ich in diesen Krankenhausalltag integriert, denn am 26. Februar bekam ich meine erste Chemotherapie und wurde ebenfalls an solche Infusomaten angeschlossen.

Es hieß, man wolle keine Zeit verlieren, da ich eine *akute* myeloische Leukämie hätte. Mit chronischen Erkrankungen kann man lange leben, akute Erkrankungen dagegen können schnell zum Tod führen. Mit meiner Zimmergenossin Lydia S. verstand ich mich inzwischen so gut, dass wir beide ganz traurig waren, als ich nach dem Wochenende nach nebenan in ein 4-Bett-Zimmer verlegt wurde. Dort bekam ich zwar einen begehrten Fensterplatz, wurde aber von meiner neuen Bettnachbarin Renate (50) gleich zurechtgewiesen, wie und wo ich meinen Infusomaten hinzustellen hätte usw. Außer Renate lagen noch Eveline (19!) und Gudrun (53) mit im Zimmer, mit denen ich mich gleich auf Anhieb verstand. Alle drei hatten ihre Haare bereits verloren, und jetzt erst verstand ich, warum ich zu den anderen nicht sofort Kontakt aufnehmen sollte. Ich wusste ja, dass auf mich dasselbe zukommen würde, aber es direkt vor Augen zu haben, das war noch einmal ein großer Unterschied. Mein erster Gedanke war, ob ich wohl auch so einen Eierkopf hätte und dass alle irgendwie gleich (schlecht) aussahen. Mit den Haaren verliert man einen Teil seiner einzigartigen Persönlichkeit!

Wenn man denkt, in einem Krankenhaus wäre den ganzen Tag nichts los, dann täuscht man sich.

Ständig mussten Flaschen ausgetauscht, die Patienten gewaschen, Verbände gewechselt oder Mahlzeiten gebracht werden - Bewegung ohne Pause.

Mein Magen war auch dauernd in Bewegung, d.h. die Mahlzeiten wollten nicht so recht bei mir bleiben. Ich litt zunehmend unter Appetitlosigkeit, Übelkeit und Erbrechen. Außerdem bekam ich Blähungen und Verstopfung und hatte Schlafprobleme. Kurz gesagt war ich ziemlich geschwächt und einfach fix und fertig. Zu allem Übel hatte ich dann auch noch Fieber, weshalb ich Antibiotika bekam. Die aggressiven Medikamente griffen meine Venen so sehr an, dass öfters neue Kanülen gelegt werden mussten.

Bald war ich verstochen wie ein Junkie, denn nicht immer fanden die Ärzte gleich die Venen.

Bereits zu Anfang hatte man mir unter anderem erklärt, dass ich längere Zeit auf dieser Station zubringen müsste, mindestens aber vier Wochen, denn so lange würde der Chemo-Block dauern. Außerdem wäre bestimmt mit einem Jahr oder mehr Arbeitsunfähigkeit zu rechnen. Dabei arbeitete ich gerade mal eineinhalb Jahre nach meinem Studium und hatte nur einen Zeitvertrag, der im Mai auslief. Na ja, vorerst hatte ich eher andere Sorgen.

Nach zehn Tagen (Donnerstag, 10. März 1994) begannen auch meine Haare auszufallen. Schwester Ulrike meinte, ich sollte sie mir erst einmal kurz schneiden lassen. Sie war ganz betroffen, weil ich zu dem Zeitpunkt sehr lange, lockige Haare hatte. Sie brachte es nicht übers Herz, sie abzuschneiden, und schickte eine andere Schwester. Ich muss gestehen, dass ich ziemlich stolz war auf meine Mähne, aber da ich mich schon auf das Unvermeidliche eingestellt hatte, fiel es mir nicht so schwer. Nach dem Wochenende entschloss ich mich dann, sie völlig abrasieren zu lassen. Es war so eklig und lästig. Überall Haare, Haare, Haare! Auf dem Kissen, beim Schlafen im Mund... Tja, nun gehörte ich auch zum "Club der Glatzköpfigen"!

Es sah jedoch gar nicht so schlecht aus, wie ich befürchtet hatte, war pflegeleicht, und so gewöhnte ich mich schnell daran. Im Stillen hatte ich sogar gebetet: "Ach Herr, nimm mir diese Übelkeit und das ständige Erbrechen (bis zu fünf

Mal täglich!). Ich opfere dafür gerne meine Haare." Und so seltsam es auch klingen mag, kaum waren meine Haare ab, hatte ich zumindest für zehn Tage Ruhe.

Dafür trat ein neues Phänomen auf. Fast am ganzen Körper bekam ich einen Hautausschlag, so genannte Petechien. Außerdem entzündeten sich meine Venen immer häufiger, weshalb mir schließlich mein erster ZVK (Zentraler Venenkatheder) gelegt wurde. Dazu musste ich auf die Intensivstation, zum Glück jedoch nur für ein paar Stunden.

Das Legen des ZVK´s wurde unter örtlicher Betäubung vorgenommen und tat nur ein bisschen weh. Schlimmer war eigentlich die Vorstellung, dass ein Schlauch bis kurz vor mein Herz in die Vene geschoben wurde. Zunächst lag er falsch, und ich hörte ein Rauschen im Ohr. Als ich dann mein Herz schlagen spürte, lag er richtig.

Doch bei allen Schmerzen und körperlichen Einschränkungen empfand ich innerlich eine solche Ruhe und Geduld, wie ich sie lange nicht mehr erlebt hatte. Es war ein echtes Wunder! Hier spürte ich auch, dass viele im Gebet mit mir verbunden waren und ich daraus Kraft schöpfen konnte. Ich bekam Unmengen von Post, Anrufen und Besuchen! Natürlich halfen mir vor allem die regelmäßigen Besuche von Markus und unseren Familien. Markus nahm drei bis vier Mal in der Woche den langen Weg auf sich und managte die übrigen Besuche, so dass nicht zu viele an einem Tag zu mir kamen. Außerdem ist es ein besonderes Geschenk Gottes, dass ich von Natur ein sonniges Gemüt habe und nicht depressiv veranlagt bin. Sonst wäre es mir sicherlich schwerer gefallen, mir meine positive Einstellung zu bewahren.

Ein bisschen machte ich mir schon auch Sorgen, gerade um Markus und unsere Beziehung. Wir waren gerade mal zweieinhalb Jahre verheiratet und seither noch nie so lange getrennt voneinander. Wie würde er mit der ganzen Situation fertig werden? Keiner fragte ihn, wie es ihm dabei ging. Würde er wirklich zu mir stehen?

Auch hatte ich Angst um meine Mutter. Vor einem Jahr erst war mein Vater gestorben, und sie hatte seit meiner Erkrankung nun auch noch mit Bluthochdruck und Herzschmerzen zu kämpfen. Wir verstehen uns sehr gut, und jede litt mit der anderen.

Unser Klinikseelsorger Pfarrer Weber meinte, dass ich manche Dinge an Gott abgeben müsse, da ich selbst nicht genug Kraft hätte, mich um alles zu kümmern. Was blieb mir auch anderes übrig!?

Einige Gedichte und (Lied-)Verse, die mir geschickt wurden und die mir besonders gefallen haben, möchte ich hier aufschreiben. Die übrigen füllen zu Hause ein kleines Mutmach-Büchlein.

Ich ruhe fest in Gottes Hand,
geschehe, was da mag.
Das Morgen ist mir nicht bekannt,
doch Gott trägt meinen Tag.

(Heinrich Eichler)

Grenzenlos geborgen sein
macht frei von Furcht.
Hoffen können
macht geduldig und gelassen.

(Peter Hahne)

Ich glaube,
dass Gott uns in jeder Notlage
so viel Widerstandskraft geben will,
wie wir brauchen.
Aber er gibt sie nicht im Voraus,
damit wir uns nicht auf uns selbst,
sondern allein auf ihn verlassen.
In solchem Glauben
müsste alle Angst vor der Zukunft
überwunden sein.

(Dietrich Bonhoeffer)

Was helfen uns die schweren Sorgen,
was hilft uns unser Weh und Ach?
Was hilft es, dass wir alle Morgen
beseufzen unser Ungemach?
Wir machen unser Kreuz und Leid
nur größer durch die Traurigkeit!

(Georg Neumark)

"Ich glaube,
dass die Gebete der Menschen,
die dich lieben,
wie Mauern um dich her sein können
und dich in schweren Tagen
wie Engelsfittiche schützen und umgeben können."
(Brief von Frau Riedinger)

Gott gebe mir die Gelassenheit,
Dinge hinzunehmen,
die ich nicht ändern kann,
den Mut, die Dinge zu ändern,
die ich ändern kann,
und die Weisheit,
das eine vom anderen
zu unterscheiden.

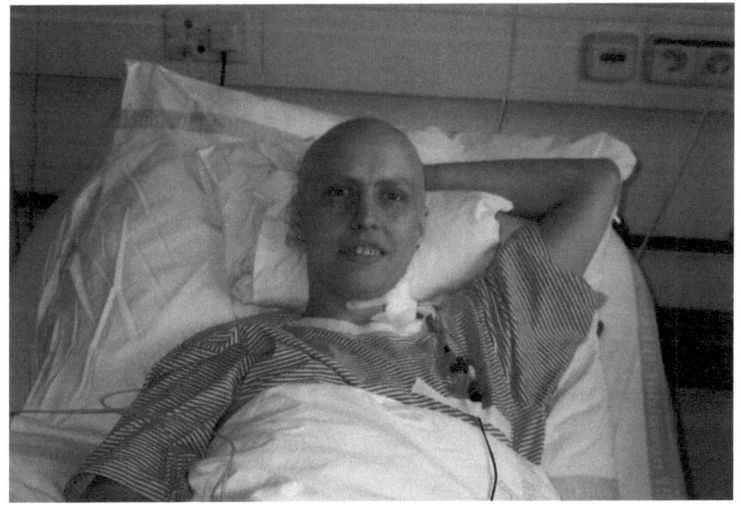

1.Chemotherapie, Februar 1994

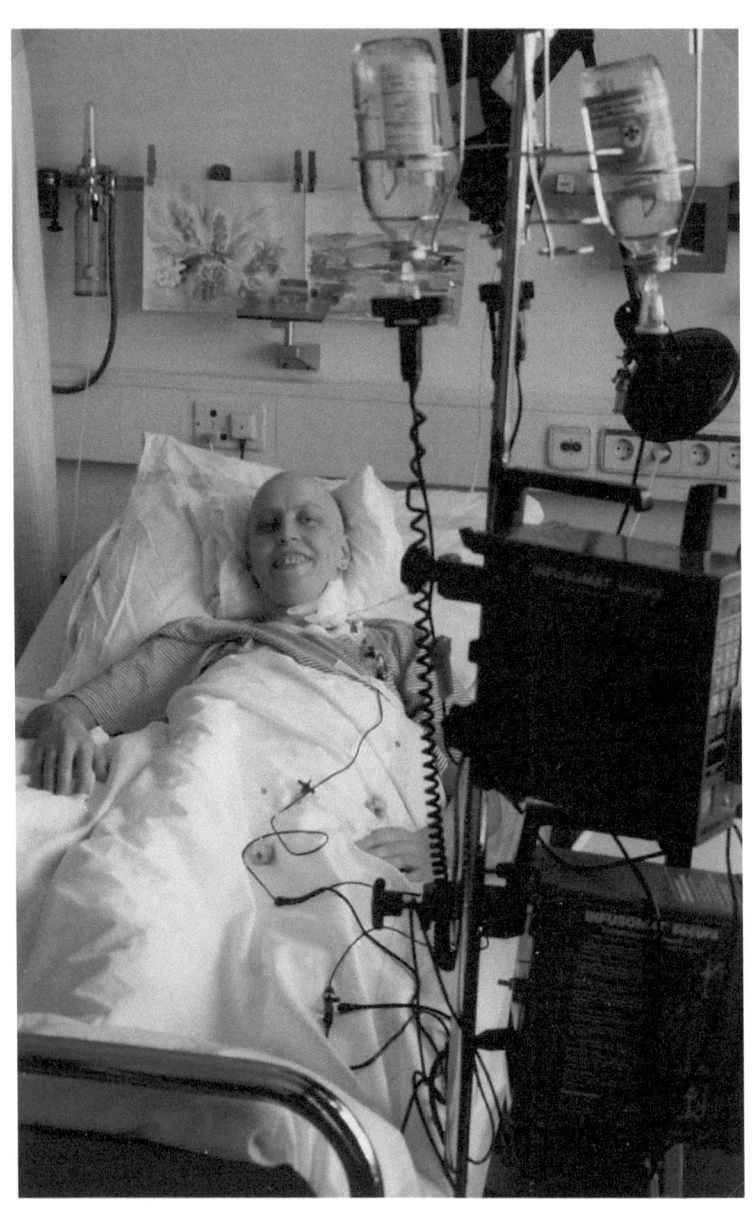

1.Chemotherapie, Februar 1994

Auf "unserem" Balkon, Sommer 1994

Krisen

Auch wenn ich wusste, dass ich manche Dinge nicht ändern konnte, wollte ich wenigstens mein Verhältnis zu meiner Bettnachbarin Renate verbessern. Ich versuchte, sie zu verstehen, aber sie ließ sich kein bisschen positiv einstimmen und nahm keine Ermutigungen an, obwohl es ihr anfangs besser ging als uns. Sie konnte noch alles essen, während wir mit Übelkeit zu kämpfen hatten. In ihrem Alter hätte sie sowieso keine Chance mehr, klagte sie dauernd. Ständig belehrte sie uns, nahm aber selbst keine Ratschläge an. Weil sie sich immer ungerecht und schlecht behandelt fühlte, legte sie sich auch mit den Schwestern und sogar mit den Ärzten an. Dennoch sah ich es gerade als meine Aufgabe an, ihr mit Geduld und Liebe zu begegnen, auch wenn sie es mir nicht gerade leicht machte.

Mit Gudrun, der anderen Zimmerkollegin, hatten wir dagegen viel Spaß. Einmal erzählte sie uns folgende Geschichte: Mit ihren Arbeitskollegen - sie war Chefin der Röntgenabteilung - wollte sie übers Wochenende zum Zelten fahren. Für sie war es das erste Mal. Sie sollte sich um die Beschaffung der Heringe kümmern. Als es ans Aufschlagen der Zelte ging und eben diese Heringe dazu gebraucht wurden, war sie völlig überrascht. Sie hatte nämlich Fische eingekauft und sich über die große Menge bereits gewundert. Wir haben sehr darüber gelacht - wahrscheinlich weil es sonst nicht viel zu lachen gab!

Mit Eveline verstand ich mich am besten, obwohl sie elf Jahre jünger war als ich. Die Krankheit hatte sie erwachsen werden lassen. Sie war erst einige Jahre zuvor aus Rumänien nach Deutschland gekommen. Also erst nach dem Reaktorunglück von Tschernobyl, was bei ihr eindeutig Auslöser ihrer Leukämie war.

So machte ich sehr unterschiedliche, aber wertvolle Erfahrungen mit meinen Leidensgenossinnen.

Meine Ergebnisse der 1. Chemotherapie waren frustrierend. Mein Körper hatte anscheinend nicht auf den Wirkstoff reagiert, weshalb eine 2. Chemo mit anderer Zusammensetzung erforderlich wurde. Nun musste ich also dieselbe Prozedur noch einmal über mich ergehen lassen, und aus dem "Heimaturlaub" nach vier Wochen, wie zu Anfang gehofft, wurde auch nichts! Ostern stand vor der Tür, und ich musste mich damit abfinden, meine Osterhasen und die Eier im Bett zu suchen. Die Schwestern bemühten sich sehr, es uns so schön wie möglich zu machen, aber mir war gar nicht nach Süßigkeiten oder anderem Essen. Der ganze Zirkus der Nebenwirkungen fing von vorne an: Appetitlosigkeit - Übelkeit - Erbrechen ...

Ein Trost bei allem Übel waren mir gerade wieder meine Losungen:
"Ist mir Angst, so flehe ich zu dir, mein Gott. Ob ich auch nichts sehe, du bist da in Not. Du bleibst mein Erretter, du erhörst mein Schrei'n; wirst in Sturm und Wetter Fels und Burg mir sein."
(von J.Ch. Blumhardt, Ostersamstag, 02.04.94)

"Lass mich an andern üben, was du an mir getan, und meinen Nächsten lieben, gern dienen jedermann ohn Eigennutz und Heuchlerschein und, wie du mir erwiesen, aus reiner Lieb allein."
(von Justus Gesenius, Ostermontag, 04.04.94)

Wie lange noch?

Wie dieser schier unendliche Weg
dehnen sich die Tage und Stunden.
Ich beginne die Pfosten zu zählen: 7... 8 ... 9 ...,
bis sie verschwimmen zu einem schwarzen Strich.
Ich weiß, was heute noch kommt:
Essen, Besuch, Abendessen, die Medikamente, die Nacht.
Morgen, übermorgen, nächste Woche ... wie lange noch?!
Andere dürfen nach Hause,
für mich dehnt sich der Weg.

Am Horizont sind Menschen, Bäume - Häuser?
Der Weg dorthin hat keine Abkürzung.
Ich muss ihn gehen.
Und ich weiß: Ich kann ihn gehen! Schritt für Schritt.
Ich habe ein Ziel, eine Hoffnung.
Ich will gesund werden.
Andere gehen den gleichen Weg.
Freunde sind wie ein Geländer, an dem ich mich halte.
Jeder eigene Schritt macht mir Mut.
Immer wieder bleibe ich stehen, schaue nach vorne:
Ich habe mir diesen Weg nicht ausgesucht, bei Gott, nein!
Aber dann atme ich auf.
Es ist, wie wenn Gott mir neuen Mut gibt.
Ich kann diesen Weg gehen
.

(aus "Stationen"- Gebete im Krankenhaus)

Leben und Tod

Wie dicht Leben und Tod beieinander liegen, musste ich gleich nach Ostern erfahren.

Am 05.04.94 verstarb Gudrun im Alter von 53 Jahren. Da wir sie immer sehr gepflegt, das heißt geschminkt und mit Perücke erlebt hatten, war uns ihr körperlicher Zerfall gar nicht so bewusst geworden. Und schlank waren wir ja alle. Ihr Tod war ein Schock für uns, und jede fragte sich, wer wohl die Nächste sei. Zum Glück wussten wir nicht, dass Gudrun die Erste in einer langen Reihe von Todesfällen auf unserer Station war.

In dieser Zeit spitzte sich auch noch meine Krise mit Renate zu. Ihre Nörgeleien und ihr ständiges Auf-mich-Einreden ließen mir keine Ruhe mehr und überstiegen einfach meine eigenen Kräfte. So wurden die Spannungen immer größer, bis es schließlich zur Explosion kam.

Sie hatte sich mal wieder in die Angelegenheiten anderer eingemischt. Eine alte Frau wurde mit Lungenembolie in unser Zimmer verlegt und auch nachts durch ihre Angehörigen betreut. Da beklagte sich Renate bei der Tochter, dass sie das Licht störe (trotz Vorhang). Außerdem, meinte sie, wäre es ohnehin besser, wenn die Frau in einem Altersheim untergebracht würde ...

Da konnte ich mich nicht mehr beherrschen und sagte ihr meine Meinung, was sie das überhaupt anginge und dass sie ja auch froh sein könnte, hier im Krankenhaus versorgt zu werden.

Ich zitterte am ganzen Körper. Meine Schwester versuchte mich zu beruhigen, und später tat es mir auch wieder etwas Leid. Nicht dass ich etwas gesagt hatte, sondern wie.

Im Übrigen war die alte Frau sonst sehr "pflegeleicht" und zurückhaltend. Zuerst mussten wir vor allem lachen, denn sie dachte tatsächlich - wegen unserer Kahlköpfe - sie läge unter Männern!

Einmal nachts dann sagte sie zur Nachtschwester immer einen Satz, der mir bekannt vorkam: "... kommt wieder, Menschenkinder ..." Er stammt aus der Bibel von Psalm 90, in dem es unter anderem auch ums Sterben geht. Das beschäftigte mich ziemlich stark, denn über dieses Thema hatte ich mir bisher noch nicht allzu viele Gedanken gemacht.

Fast genau einen Monat später, am 03.05.94, folgte Renate Gudrun. Ihr Tod kam fast noch überraschender, denn keiner hatte die Vorboten erkannt. Durch ihr ständiges Jammern hatte sie niemand mehr so richtig ernst genommen.

Sicher, uns war zwar aufgefallen, dass sie trotz ihrer niedrigen Blutwerte massenhaft rohe Speisen (Salate, Obst ...) regelrecht in sich hineinstopfte, aber sie schlug unsere Ratschläge diesbezüglich in den Wind. Das Ergebnis war, dass sie einen total aufgeblähten Bauch bekam. Sie sah aus, als sei sie schwanger. Als sie wie Gudrun ins Nebenzimmer verlegt wurde, ahnten wir nichts Gutes.

Trotz ihrer ablehnenden Haltung besuchte ich sie noch, da sie mir irgendwie auch wieder Leid tat. Sie verhielt sich dann auch ganz seltsam, vollkommen anders, als ich es gewohnt war. Zum ersten Mal sprach sie nämlich nicht von sich, sondern bemerkte, dass ich schöne blaue Augen hätte. Danach habe ich sie nicht mehr gesehen.

An Renates Todestag ging es mir körperlich sehr schlecht. Natürlich brachte ich das mit ihr in Verbindung und dachte, es wäre rein seelischer Natur. Aber da ich inzwischen bereits die dritte Chemo hinter mir hatte, die wieder andere Wirkstoffe enthielt, stellten sich auch neue Nebenwirkungen ein. Diese äußerten sich in Fieber und in einer Lähmung der Beine. Als ich aufstehen wollte, sackte ich einfach zusammen!

Zum ersten Mal hatte ich Angst. Würde ich gelähmt bleiben? Am nächsten Tag waren diese Symptome zum Glück wieder besser.

Nun bekam ich Schüttelfrost. Der Oberarzt hörte mich ab, konnte aber nichts Außergewöhnliches feststellen.

Am selben Tag kamen jedoch noch drei Studenten, die ab und zu an Patienten ihr theoretisches Wissen erprobten. Ich hatte mich bereit erklärt, als "Versuchskaninchen" zu dienen. Ein Student glaubte, etwas auf meiner Lunge zu hören. Ich wurde geröntgt, und danach stand fest, dass ich eine "Pneumonie unbekannter Ursache", also eine Lungenentzündung hatte. Das war aber noch lange nicht alles. Meine Schmerzen in der rechten Achselhöhle waren auch schlimmer geworden, und ich meinte, einen Knoten zu tasten. Zunächst konnte ich mir nicht erklären, was die Ursache dafür war. Ich dachte, dass es ein Lymphknoten sei, der wie zu Beginn meiner Erkrankung geschwollen war, und befürchtete, dass die dritte Chemo nicht gewirkt hätte und meine Leukämie weiter fortgeschritten sei. Am folgenden Tag wurde jedoch mit Kontrastmitteln festgestellt, dass ich auch eine Thrombose hatte. Zuvor war eine Kanüle nicht richtig gelegen und die Infusionen daneben gelaufen. Die Vene hatte sich entzündet, und es hatte sich ein Blutpfropfen gebildet, der weitergewandert war. Der Arzt verordnete mir mindestens drei Wochen Bettruhe. Außerdem wurde ein neuer ZVK installiert, zur Abwechslung mal am Hals. Das war ein sehr unangenehmes Gefühl, da ich ja bei vollem Bewusstsein war und aufgrund der Lungenentzündung auch nicht so gut Luft bekam. Mit gezielter Atmung, die meine Krankengymnastin mir schon vorher einmal erklärt hatte, versuchte ich ganz ruhig zu bleiben und nicht in Panik zu geraten. Dabei dachte ich auch an meine Schwester Nora, die vor ein paar Jahren sogar eine Lungenembolie überstanden hatte.

Das war vielleicht eine Woche! Inzwischen waren seit meiner Einweisung ins Krankenhaus bereits zehn Wochen vergangen, und es bestand immer noch keine Aussicht auf einen Besuch zu Hause.

Dass man sich im Krankenhaus auch wohl fühlen kann, bewies uns eine Ente, die in einem der Innenhöfe vierzehn junge Entlein zur Welt brachte. Man erzählte mir, dass dies nicht das erste Mal gewesen sei. Kein Wunder, denn es wurde ihr extra ein Kinderplanschbecken zur Verfügung gestellt, in dem die ganze Entenfamilie baden konnte.

Auch eine Amselmutter ließ sich durch den regen Betrieb auf unserer Station nicht davon abhalten, ihr Nest auf den französischen Balkon neben der Sitzgruppe auf dem Flur zu bauen. So konnten wir alles genau verfolgen: Eier - Küken - Fütterung - Jungvögel - erste Flugversuche.

Auf genau dieser Sitzgruppe sah ich einige Wochen später zwei Männer sitzen. Der eine weinte. Es war Herr G., dessen Frau am 31.05.94 im Nebenzimmer verstorben war. Trotz aller Bemühungen der Schwestern, uns die traurige Nachricht zu verheimlichen, bekamen wir es mit. Wir mußten nur 1+1 zusammenzählen, wenn ein leeres Bett auf dem Flur stand. Man wurde auch immer sensibler für das, was um einen herum passierte.

Mir wurde immer deutlicher bewusst, wie schmal der Grat ist zwischen Leben und Sterben und dass beides allein in Gottes Hand liegt. Ein Lied von Cae Gauntt kam mir in den Sinn: *"...dass die flackernde Flamme nicht völlig verlöscht und der Halm, der sich hängen lässt, doch nicht zerbricht - das ist Gnade ..."* Gott allein schenkt uns diese Gnade und ich vertraute darauf.

Auch wenn in der Zwischenzeit meine Lungenentzündung schlechter geworden war und ich einige unangenehme Untersuchungen über mich ergehen lassen musste (Broncho-skopie, Bronchallavage, Lymbalpunktion), wusste ich, Gott würde mich nicht fallen lassen.

Immer wieder fand ich im Losungsbüchlein Zusagen, die mir Mut machten:
"Ohn dich wir hätten keinen, der uns hier trägt und hält. Wir aber sind die Deinen vom Anbeginn der Welt. Du bist der große Treue im Leben und im Tod. Wir bergen uns aufs Neue in dir, du unser Gott."
(von Arno Pötzsch)

Hier noch einmal einige Gedanken aus meinem Mutmach-Büchlein, die mich getröstet haben und die ich weitergeben möchte:

Mehr als drei Wünsche

Dass du unberührt bleiben mögest
von Trauer,
unberührt
vom Schicksal anderer Menschen,
das wünsche ich dir nicht.
So unbedacht soll man nicht wünschen.

Ich wünsche dir aber,
dass dich immer wieder
etwas berührt,
das ich dir nicht so recht beschreiben kann.
Es heißt Gnade.
Gnade ist ein altes Wort,
aber wer es erfährt,
für den ist sie wie Morgenlicht.

Man kann sie nicht wollen
und nicht erzwingen,
aber wenn sie dich berührt,
dann weißt du: Es ist gut.

(Jörg Zink)

Der Tod ist die Erlösung
von allen Schmerzen und
völliges Aufhören;
über ihn gehen unsere Leiden
nicht hinaus.

Er versetzt uns wieder
in den Zustand der Ruhe,
in dem wir uns befanden
ehe wir geboren wurden.

(Lucius Annaeus Seneca)

Wo Menschenwege enden,
fängt Gottes Weg erst an.

Sterben ist wie ein Umziehen -
Umziehen zu Jesus.

Urlaub zu Hause

Zuvor, in der 8. Woche, hatte ich noch ein interessantes und heiteres Erlebnis. Einer der Oberärzte fragte mich, ob ich mir vorstellen könnte, bei einer Frage-und-Antwort-Vorlesung mitzumachen. Ich sagte sofort begeistert zu.

An dem geplanten Tag wurde mir der ZVK gezogen, ich wurde zum ersten Mal von meinen Infusionen "befreit" und mitsamt meinem Bett in den Hörsaal gefahren.

Von meiner Studienzeit an der Fachhochschule kannte ich Vorlesungen ja bereits, nur waren wir damals nur ca. 35 Studentinnen und Studenten gewesen. Hier befand ich mich aber in einer Medizinischen Uniklinik, und dementsprechend groß war auch der besagte Hörsaal, in dem mehr Augenpaare auf mich herunter blickten als je zuvor in meinem Leben. Da wurde ich ein bisschen aufgeregt, was sich aber bald legte, denn die Atmosphäre wirkte recht locker.

Der Oberarzt erklärte mir, dass ich zunächst nur die Fragen der Studenten beantworten solle, da diese anhand der Symptome meine Erkrankung "erraten" sollten. Das war unheimlich interessant und aufschlussreich. Endlich konnte ich mir manche Dinge erklären, die mit meiner Erkrankung in Zusammenhang standen (wie z.B. das Schwitzen in der Nacht; ein großer blauer Fleck, der nicht mehr zu verschwinden schien). Hätte ich dies vorher gewusst, wäre mir der Gang von Arzt zu Arzt erspart geblieben.

Als mich schließlich ein Student direkt fragte, ob ich Leukämie hätte, sagte ich ganz zaghaft zum Oberarzt gewandt: "Darf ich´s jetzt verraten?" Da mussten alle lachen. Leider durfte ich dem Rest der Vorlesung nicht mehr beiwohnen; ich wurde zurück in unser Zimmer gebracht.

Auch auf der Station sorgten manche Dinge für Abwechslung. So sang ab und zu ein Chor auf dem Flur, wie wir es mit dem Jugendbund, unserem christlichen Jugendkreis an Weihnachten im Krankenhaus auch schon praktiziert hatten.

An einem Mittwochabend hörten wir wieder einmal einen Chor. Ich kannte gleich das erste Lied und erzählte meinen Zimmerkolleginnen voller Begeisterung, dass wir das zu Hause auch singen würden. Beim zweiten Lied klopfte es dann an unsere Tür. Markus lugte herein und fragte, ob ich nicht mal rauskommen wolle. Eigentlich hatte er mir für diesen Tag seinen Besuch abgesagt. Draußen auf dem Flur fiel es mir dann wie Schuppen von den Augen. Der ganze Jugendbund stand da. Das war vielleicht eine Überraschung!!! Mir traten Tränen in die Augen.

Vor lauter Eile hatte ich vergessen, meine Mütze aufzusetzen, weshalb mich alle etwas bestürzt ansahen. Als wir uns wieder gefasst hatten, fielen mir einige um den Hals. Danach gingen wir hinunter in die Klinikkapelle, in der wir einen ganz besonderen Jugendbundabend feierten. Zum Abschied überreichten sie mir eine große bunte Schachtel, in der sich Zettel mit "Zusprüchen für jeden Tag" befanden. Zwei davon möchte ich hier gleich weitergeben:

"Wir wissen, dass Trübsal Geduld bringt, Geduld aber bringt Hoffnung, die Hoffnung aber lässt nicht zuschanden werden, denn die Liebe Gottes ist in unser Herz ausgegossen." (Römer 5,3-5)

"Die Hoffnung gibt Kraft zum Leben und zum Überwinden von Schwierigkeiten...Geduldig warten ist eine schwere Kunst... Es gibt ein Hoffen und Warten mit Gott, das zum Glauben führt..."

Einen weiteren Höhepunkt erlebte ich in der 14. Woche nach meiner Einweisung. Mein geduldiges Warten wurde belohnt, denn da sich auch meine Blutwerte gebessert hatten, durfte ich übers Wochenende nach Hause. Endlich!!! Ich denke, kaum einer kann mir nachfühlen, was für eine Freude dies für mich war.

Abgemagert auf knappe 56 kg (bei einer Größe von 1,73 m) wagte ich mich auf eine Hochzeit von Freunden. Ich war ein bisschen verunsichert, da ich schon lange nicht mehr unter so vielen Menschen gewesen war. Außerdem hatte ich noch keine Perücke und sah nur mit einem Seidentuch auf dem Kopf etwas gewöhnungsbedürftig aus. Aber die meisten verhielten sich wie immer und nahmen mich herzlich in die Arme. Vor allem genoss ich es, endlich wieder in unserem Bett schlafen zu können. Markus war auch glücklich, mich wieder daheim zu haben.

Ich darf nach Hause

Heute ist ein besonderer Tag: Ich darf heim.
Wie freue ich mich,
wieder bei meinen Angehörigen zu sein,
wieder in meiner Wohnung zu leben,
wieder all die Dinge in die Hand zu nehmen,
die ich mag.
Mein Gott, wie schön ist das!
…

(Bernhard Brauer)

Gerade weil das Wochenende so schön war, wurde der Abschied von zu Hause am Sonntagabend, als mich Markus zurück ins Krankenhaus fahren musste, umso schmerzlicher.

40

Zimmer 2 "on tour"

Inzwischen war ich in meinem Zimmer mit lauter neuen Gesichtern zusammen: Anneliese (53), Edith (44) und Silke (30) "von drüben". Von den "alten Hasen" war nur ich übrig geblieben. Eveline wurde schon auf die Transplantation vorbereitet. Jede der Frauen brachte ihre eigene Leidensgeschichte und neue, zum Teil außergewöhnliche Erkrankungen mit. Bei Anneliese z.B. wurde ein so genanntes "Plasmozytom" festgestellt, nachdem ihr beim Einräumen eines Regals einfach so Rippen gebrochen waren. Edith hatte es besonders hart getroffen, denn sie war schon zum zweiten Mal wegen Leukämie im Krankenhaus. Außerdem war sie auch an Brustkrebs erkrankt. Als sie mitbekam, dass ich die Bibel lese, fragte sie mich, was sie Böses getan hätte, weil Gott sie so etwas durchmachen lasse. Natürlich war ich sehr betroffen und konnte ihr auch keine befriedigende Antwort geben. Und Silke kam mit einem so dicken Bauch, dass wir zunächst glaubten, sie sei schwanger. Dabei waren aber ihre Milz und ihre Leber stark vergrößert. Das war auf eine besondere Form der chronischen myeloischen Leukämie zurückzuführen, bei der die Mastozyten mitbetroffen sind. Silke war nicht auf den Mund gefallen und hatte immer einen frechen Spruch auf den Lippen. Das machte unser Elend oft erträglicher, und so ging es auf der Station gelegentlich auch recht lustig zu. Wir trieben mit Schwestern und Pflegern unseren Schabernack und sie mit uns. Einer der Pfleger, Carsten, fragte uns z.B. bei seinem täglichen Rundgang: "Na, heute schon gestuhlt?" (anstatt: Hatten Sie heute Stuhlgang). Er musste oft vor "tätlichen Übergriffen" unsererseits fliehen (siehe Foto).
Eine "appetitliche" Abwechslung waren z.B. auch unsere Wunschessen, wenn unsere Männer oder Geschwister uns ab und zu etwas Besonderes mitbrachten, worauf wir Gelüste

hatten - falls wir nicht gerade über unserem Brechnapf hingen. Das Angebot reichte von Currywurst über Hähnchen bis zu hausgemachten Spätzle oder Maultaschen.

Irgendwann dazwischen wechselte Marion (25) auf Annelieses Platz. Da Edith, Silke und Marion gerne eine rauchen gingen, schloss ich mich ihnen an, und wir pilgerten oft gemeinsam auf den Balkon. Meistens waren wir eine lustige Truppe. So auch an dem Tag, als wir unsere Perücken bekamen, die wir dann auch aufprobierten. Wir tauschten sie untereinander aus, und in dem Augenblick kam unser Stationsarzt Dr. B. herein. Er war ein eher ernster, gefasster Mensch, aber da musste sogar er schmunzeln, als er uns so sah.

Ein anderes Mal hatte "unser" Pfarrer Gerhard Weber mit Studenten ein "Wunschkonzert" im Radio organisiert, welches im Erdgeschoss nahe der Kapelle stattfand. Da die Beteiligung nicht so rege war, fiel es auf, dass es dauernd hieß: "Dieses Lied ist für ... auf der Station A3, Zimmer 2 von ... von der Station A3, Zimmer 2." Jede von uns hatte der anderen ein Lied gewünscht! Wir saßen da und mussten lachen. Mir fiel eine Lebensweisheit ein, die ich einmal gelesen hatte:

Das sind die Starken im Lande,
die unter Tränen lachen,
ihr eigenes Leid verbergen,
und andere fröhlich machen.

Leider war meine Mutter in der Zwischenzeit ins Krankenhaus gekommen. Ihr Herz hatte wahrscheinlich die ganze Aufregung um mich übel genommen. Sie hatte eine Gefäßverengung, aber zum Glück musste nur ein so genannter "Stent" implantiert werden, der die Gefäße wieder weiten sollte. In ihrem ganzen Leben hatte meine Mutter auch immer zuerst an andere gedacht und zu wenig an sich selbst.

"Stubbi" macht Jagd auf Carsten, Mai 1994

"Unser" Pfarrer, Gerhard Weber, Mai 1994

Die alte Frau bei der CT

Mein zweiter Urlaub zu Hause ließ nicht lange auf sich warten, denn dieses Mal durfte ich bereits nach einer Woche Chemo wieder für ein Wochenende heim. Dabei konnte ich meine Mutter, um die ich mir schon Sorgen gemacht hatte, im Krankenhaus besuchen. Telefonisch versuchte sie mich zwar zu beruhigen, dass alles nicht so schlimm sei, aber ich wollte mich doch persönlich von ihrem Gesundheitszustand überzeugen.

Am Montag danach wurde mir ein so genannter "Hickman-Katheder" gelegt, der bei einer eventuellen Transplantation für die vielen Infusionen besser geeignet und weniger empfindlich war. Damit die Ärzte sicher sein konnten, dass seine Lage richtig war, wurde ich zur "CT" (Computertomographie) geschickt. Dort hatte ich dann ein sehr eigentümliches Erlebnis mit einer älteren Frau. Wir saßen im Wartebereich nebeneinander, als sie mich plötzlich ganz merkwürdig ansah und mich fragte, ob ich "die Mutter von dem Kind" sei. Zuerst dachte ich mir nichts dabei, vielleicht war ja gerade ein Kind im Untersuchungsraum. Aber die Fragen und Aussagen der alten Frau wurden immer seltsamer: "Wir haben für Kinder keinen Sarg gebraucht - wir haben nur die Oberkörper genommen - im Wald sind die Hunde losgelassen worden - meinen Schmuck hab ich dem Hausmeister gegeben ..." Als sie dann irgendwann eine Jahreszahl, nämlich 38 (also 1938), erwähnte, fiel bei mir endlich der Groschen. Sie hatte von der NS-Zeit gesprochen! Der Auslöser muss meine äußere Erscheinung gewesen sein, denn ich war innerhalb des Krankenhauses immer ohne Kopfbedeckung - also mit Glatze - unterwegs. Außerdem war ich ja ziemlich mager und dazu noch mit einem Ringelshirt bekleidet gewesen. Ich musste die alte Frau an KZ-Häftlinge erinnert haben. Nur war mir nicht klar, ob sie zu den Opfern oder den Tätern gehört hatte. Mir lief es eiskalt über den Rücken.

Wochen nach diesem Erlebnis - ich hatte mal längere Zeit "Urlaub" - fuhren Markus und ich für drei Tage ins Elsass. Auf der Heimfahrt kamen wir am ehemaligen KZ Struthof vorbei. Da ich noch nie ein KZ besichtigt hatte, nahmen wir an einer Führung teil (als einzige Deutsche, sonst waren nur Franzosen und ein holländisches Ehepaar dabei). Irgendwie war mir allein wegen dieser Tatsache schon mulmig. Nachdem ich dann noch die Baracken und die Fotos gesehen hatte, war ich total fertig. Nun verstand ich, wovon die alte Frau bei der CT geredet hatte. Eines der Fotos zeigte nämlich so genannte "medizinische Bäder", in denen entweder nur menschliche Beine oder Oberkörper (!) "eingelegt" waren. Meine Gefühle danach waren unbeschreiblich!

Während meiner Zeit zu Hause hatten sich in Tübingen die Ereignisse überschlagen.

Da wir immer wieder zu unterschiedlichen Zeiten Chemos bekamen und nach Hause durften, waren wir auch immer mit verschiedenen Frauen auf dem Zimmer. Von diesen waren innerhalb von vier Wochen vier gestorben. Das bedeutete jede Woche eine Tote.

Unter ihnen war auch Monika (31), Mutter von vier Kindern. Sie war bereits transplantiert, hatte aber das Knochenmark ihres Bruders nicht angenommen. Wir hatten uns oft darüber unterhalten, wie schlimm es sein müsste, bis man sich aufgibt. Sie war eine Kämpferin wie ich und machte anderen Mut. Wir bastelten zusammen Fensterbilder für die ganze Station. Kurz vor ihrem Tod hatte sie noch angefangen, für ihren Sohn einen Pullover zu stricken. Er blieb unvollendet. Zum ersten Mal betete ich zu Gott: "Warum musste gerade sie sterben?" Ich konnte beim besten Willen nicht verstehen, dass ich weiterleben durfte und sie sterben musste, wo ihre Kinder sie doch so dringend brauchten!!!

Die Band PUR bringt meine Gefühle in dieser Situation in einem ihrer Lieder zum Ausdruck:

In Gedanken

Sie stand mitten im Leben
Hat das Glück angelacht
Für den Mann und die Kinder
Die treibende Kraft
Sie war liebenswert freundlich
Was man herzensgut nennt
Jemand, der gerne hilft
Den man auch gerne kennt

Sie war noch zuversichtlich
Nach dem ersten Befund
Und sie glaubte und hoffte
Denn es gab keinen Grund
Von Gerechtigkeit hielt
Diese Krankheit nicht viel
Sie verfolgte heimtückisch
Und sinnlos ihr Ziel

Das Grab längst verschlossen
Die Schmerzen vergeh'n
Die Tränen vergossen
Das kann keiner versteh'n
Die Zeit bringt Vergessen
Doch was auch geschieht
Sie lebt in Gedanken
Und in diesem Lied

All die Operationen
All die Therapien
Begannen dem Körper
Die Kraft zu entzieh'n
Doch sie wollte kein Mitleid
Mit Löwinnenmut
Oh, lachte sie weiter
Als ging es ihr gut

Ich sah sie und weinte
Sie tröstete mich
Ja, das war echte Größe
Mir war jämmerlich
Sie hat sich auf's nächste
Konzert so gefreut
Dass sie's nicht mehr erlebt hat
Tut mir mehr als Leid

Hartmut Engler / Ingo Reidl

Wer wird Spender?

Bei mir hatten sich auch neue Aspekte ergeben. Da die drei Chemos in keinerlei Weise angeschlagen hatten, wurde gerätselt und untersucht, woran dies lag. Die Ärzte zogen Kollegen von der Kinderstation (?) zu Rate, und nach der Punktion kamen sie zu der Erkenntnis, dass ich eine Zwidderform der Leukämie hätte, die überwiegend im Kindesalter auftrete. Es war eine Mischung aus akuter myeloischer und lymphatischer Leukämie. Deshalb bekam ich eine neue Art der Chemo mit dem Wirkstoff "MTX" (Methotrexat), zu der ich immer nur für 3-4 Tage ins Krankenhaus musste. Die übrige Zeit durfte ich zu Hause verbringen.

Nach einer erneuten Punktion wurde festgestellt, dass mein Körper auf den Wirkstoff reagierte.

Nun war auch klar, dass ich doch transplantiert werden müsste. Dazu benötigte ich einen geeigneten Spender. Meine drei Geschwister wurden gefragt, ob sie sich typisieren ließen, und mir, falls sie in Frage kämen, auch Knochenmark spenden würden. Es war für sie kein Thema, natürlich stimmten sie zu.

Dass dies nicht so selbstverständlich ist, zeigte das Beispiel von Anneliese. Sie hatte sogar eine Zwillingsschwester, was die beste Voraussetzung gewesen wäre, denn ihre Gewebemerkmale waren total identisch. Doch diese verweigerte ihr die Spende, fand es nicht einmal für nötig, sich von den Ärzten aufklären zu lassen. Später erfuhr ich, dass dies kein Einzelfall war und einige ihre Geschwister sogar erpressten, wenn es ums Erbe ging. Für uns war es unvorstellbar, aus Todkranken noch Kapital zu schlagen.

Auf jeden Fall wurde ich von Dr. F. auch sehr ausführlich und einfühlsam über den Ablauf und die möglichen Folgen der Transplantation aufgeklärt. Als er mir erklärte, dass ich eine Überlebenschance von 40 - 50 % hätte, war mir zum ersten Mal so richtig bewusst, dass es auch bei mir nun um Leben oder Tod ging. Aber immerhin hatte ich statistisch gesehen eine höhere Chance als Eveline, der sie nur 20 % eingeräumt hatten. Auf eine Statistik allerdings wollte ich mich nicht verlassen, sondern nur auf Gott allein, weshalb ich auch diese Angst in seine Hände legen wollte.

Eveline war inzwischen bereits wieder zu Hause in Karlsruhe, und Markus und ich beschlossen, sie zu besuchen. In Tübingen hatten mich die Schwestern darauf vorbereitet, dass Eveline nicht mehr wiederzuerkennen wäre. Natürlich konnte ich es mir nicht vorstellen, aber als wir uns trafen, war ich dann doch erschrocken. Der Wirkstoff Cortison hatte sie total verändert. Ihr Gesicht war unnatürlich aufgedunsen und ihr Mund ganz spitz. Auf der Straße hätte ich sie tatsächlich nicht wiedererkannt!

Nach dem Besuch machte ich mir Gedanken, wie es wohl bei mir werden würde. Obwohl ich eine lebhafte Phantasie habe, konnte oder wollte ich es mir nicht so recht ausmalen. Aber was blieb mir übrig, ich hatte keine Wahl. Da *musste* ich durch, ob ich wollte oder nicht.

Dr. F. hatte mir den Ernst der Lage geschildert und mir gesagt, dass ich, falls ich zustimmte, nicht mehr zurück könnte, da sie mein krankes Knochenmark abtöten müssten, damit ich neues bekommen könnte.

Von ihm bekam ich einen ersten Transplantations-Termin, der sich dann aber auf den 13. September - den Geburtstag meines Neffen Kai - verschob. Kai hatte vorher noch aus Spaß gemeint, ich solle den Termin auf diesen Tag verlegen, dann würde es bestimmt klappen ...

Er war dann ganz entsetzt, als ich ihm das Datum nannte, weil er es doch nur aus Spaß gesagt hatte. Für mich sollte aus diesem Spaß bald Ernst werden. Doch bis zu diesem "Tag 0", wie er von den Ärzten bezeichnet wird, vergingen noch neun Wochen. In der Zwischenzeit wurde ich weiter darauf vorbereitet. So durfte ich z.B. eines der "Zelte" besichtigen, in dem ich nach der Transplantation "campieren" sollte.

Meine Geschwister beschäftigte unterdessen die Frage, wer von ihnen wohl als Spender in Frage kommen würde. Es wurde heftig spekuliert, aber mir wurde erklärt, dass ich es erst erfahren würde, wenn der geeignete Spender zugestimmt hätte. So musste ich mich noch in Geduld üben.

Zu Hause ordnete ich noch so manche Dinge, z. B. schrieb ich noch zwei wichtige Briefe. Falls ich doch nicht überleben sollte, wollte ich mich vorher noch mit zwei Bekannten ausgesprochen und versöhnt haben. Zum einen wollte ich eventuelle Missverständnisse klären, zum anderen mir meine eigenen Fehler eingestehen und sie mir von meinen Freunden vergeben lassen.

Es war das erste Mal, dass ich mich mit meinem eigenen Tod beschäftigte, denn immerhin bestand die Möglichkeit, dass die Transplantation auch schief gehen und ich sterben könnte. Aus diesem Grund nahm ich eine Kassette auf, auf der ich "meine letzten Wünsche" festhielt und meinen Angehörigen Trost zuzusprechen versuchte. Nicht dass ich bereits resigniert und mich aufgegeben hätte, nein, ich wollte mich bewusst der Frage stellen: Was passiert nach meinem Tod?

Nicht verdrängen, bewältigen hieß meine Devise. Irgendwo hatte ich auch folgenden Satz gelesen: *"Leben kann man erst, wenn man auch sterben kann."* Dabei ging es mir nicht um das Sterben an sich. Davor hatte ich keine Angst. Was mich beschäftigte, war das Wie. Würde ich Schmerzen haben? Würde Gott mich auch in dieser schweren Stunde "durchtragen" wie in folgendem Gedicht beschrieben?

Spuren im Sand

Eines Nachts hatte ich einen Traum.
Ich ging am Meer entlang mit meinem Herrn.
Vor dem dunklen Nachthimmel
erstrahlten, Streiflichtern gleich,
Bilder aus meinem Leben.
Und jedes Mal sah ich zwei Fußspuren im Sand,
meine eigene und die meines Herrn.

Als das letzte Bild an meinen Augen
vorübergezogen war, blickte ich zurück.
Ich erschrak, als ich entdeckte,
dass an vielen Stellen meines Lebensweges
nur eine Spur zu sehen war.
Und das waren gerade die schwersten
Zeiten meines Lebens.

Besorgt fragte ich den Herrn:
"Herr, als ich anfing, dir nachzufolgen,
da hast du mir versprochen,
auf allen Wegen bei mir zu sein.
Aber jetzt entdecke ich,
dass in den schwersten Zeiten meines Lebens
nur eine Spur im Sand zu sehen ist.
Warum hast du mich allein gelassen,
als ich dich am meisten brauchte?"

Da antwortete er: "Mein liebes Kind,
ich liebe dich und werde dich nie allein lassen,
erst recht nicht in Nöten und Schwierigkeiten.
Dort, wo du nur eine Spur gesehen hast,
da habe ich dich getragen."

(Margaret Fishback Powers)

Der "Tag 0"

Der "Tag 0", d.h. der Tag der Transplantation, rückte immer näher. Inzwischen wusste ich auch, wer als Spender in Frage kam. Es war meine zehn Jahre ältere Schwester Karin.
Wir wunderten uns, da ich ihr nicht so ähnlich sehe wie z.B. meiner Schwester Nora. Aber hier kam es ja auf ganz andere Übereinstimmungen an, nämlich auf die der Stammzellen.
Nun wurden wir also beide auf die bevorstehende Transplantation vorbereitet. Bei Karin wurde zur genaueren Überprüfung noch eine Punktion gemacht.
Zuerst meinte sie, dass sie bei der Knochenmarkentnahme keine Narkose bräuchte, eine Meinung, die sie aber nach dieser Untersuchung doch schnell wieder änderte. Sie prägte einen treffenden Begriff dazu, nämlich das "Ich-glaub-mich-tritt-ein-Pferd"- Gefühl.
Bei der Entnahme müssen die Ärzte jede Beckenkammseite mindestens fünfzehn Mal punktieren, um rund einen Liter Knochenmark zu gewinnen. Das würde vermutlich das stärkste Pferd nicht ohne Narkose aushalten. Auch bei mir folgten noch einige Untersuchungen, z.B. in der Zahnklinik. Die Ärzte mussten sicherstellen, dass während der Zeit im Zelt zusätzliche Entzündungen ausgeschlossen werden konnten, da mein Immunsystem nicht mehr funktionieren würde.
Danach begann die erste schlimme Phase, und ich konnte nicht ahnen, was noch alles auf mich zukommen sollte. Zunächst wurde ein genaues Bleimodell meiner Lunge gegossen, welches bei der Ganzkörper-Bestrahlung eben diese abdecken sollte. Dann kam ich auf die Station A2, auf der sich auch die "Zelte" befanden. Von dort wurde ich direkt zu den Bestrahlungen gefahren, damit ich keinen Kontakt zu anderen Patienten hatte.
Allein der abgeschottete, sterile Raum konnte einem schon

ein komisches Gefühl vermitteln. Man betrat den Raum durch eine sehr dicke, isolierte Tür, die Wände waren kahl und farblos, ohne Fenster. Drinnen befanden sich nur ein Waschbecken, eine Art Autositz und das Bestrahlungsgerät. Die radioaktiven Strahlen kann man ja weder riechen noch schmecken, fühlen oder hören, dennoch war es irgendwie unheimlich. Man ist völlig allein in diesem Raum, hat das Gefühl, eingesperrt zu sein, und ist froh, wenn man nach ungefähr einer viertel Stunde wieder befreit wird.

Obgleich ich nichts spürte, wurde mir sofort nach der ersten Bestrahlung, die im Sitzen stattfand, übel, und ich musste erbrechen. Insgesamt waren es sechs Bestrahlungen an drei Tagen. Die letzte erfolgte im Liegen auf dem Bauch und auf dem Rücken, sie dauerte wegen der Umlagerung und der erneuten Einstellung am längsten. Einmal musste ich im Bestrahlungsraum so stark erbrechen, dass die Schale nicht ausreichte und ich kurzerhand das Waschbecken in Beschlag nahm.

Schon jetzt fühlte ich mich "reif für die Insel" - aber in anderem Sinne! Nach dieser Prozedur kam ich dann in eines der Zelte - auf die "Life Island". Aber von Urlaub bzw. Erholung keine Spur.

In dem 2 x 3 m großen Raum standen ein Bett, ein Nachttisch, ein kleiner Tisch und ein Sessel. Außerdem befanden sich noch ein Waschbecken und eine Plastiktoilette darin. Das war´s auch schon. Durch die 1 Meter breite Schleuse betrat ich mein "Asyl" für die nächsten drei Wochen.

Auch meine sterilisierten und eingeschweißten persönlichen Dinge sowie das im Dampftopf zubereitete Essen (Geschmack = 0) wurden mir durch diese Öffnung "eingeschleust".

Ansonsten hatte ich nur durch eine Plastikwand mit eingebauten Handschuhen Kontakt nach draußen. Meine Infusionen flossen durch ca. 2,5 m lange Schläuche in meinen Hickman-Katheder.

Jeden Tag musste ich mich zwei Mal von Kopf bis Fuß waschen, das Bett selbst beziehen und meinen Urin sammeln sowie den Toilettenbeutel wechseln. So hatte ich wenigstens etwas Beschäftigung und ein bisschen Bewegung. Da meine Fenster zum Park hin lagen, schaute ich oft ganz wehmütig den Spaziergängern zu. Dieses Eingesperrtsein fiel mir sehr schwer, da ich mich gern in der freien Natur bewege. Aber es war ja nur für eine begrenzte Zeit.

Am 13.09. war dann der berüchtigte "Tag 0". Er hatte absolut nichts Spektakuläres.

Das Knochenmark wurde meiner Schwester um 7 Uhr entnommen und mir um 9 Uhr in Form einer Transfusion übertragen. Am folgenden Tag ging es mir so gut, dass ich mich richtig freute.

Ich hatte vorher überhaupt keine genaue Vorstellung davon gehabt, wie alles ablaufen und wie ich mich dabei fühlen würde. Die Ärzte können zwar über den Tagesablauf und eventuelle negative Auswirkungen informieren, aber nicht, wie der Körper des Einzelnen auf die Therapie reagiert. Diese Erfahrung kann nur der Patient selbst machen und beschreiben.

Ab dem Tag 2 änderte sich mein Zustand abrupt. Zuerst bekam ich starke Unterleibsschmerzen und eine Mundschleimhautentzündung, so dass ich überhaupt nichts mehr essen und trinken wollte.

Selbst die Gläschennahrung für Babys brannte im Mund. Außerdem erbrach ich jeden Tag, und das bis zu acht Mal. Da meine Blutwerte auch ziemlich im Keller waren, bekam ich am Tag 10 eine Blutplättchen-Transfusion, auf die ich extrem allergisch reagierte. Zuerst wurde ich von Schüttelfrost derart durchgeschüttelt, dass ich das Fieberthermometer nicht mehr halten und mich kaum noch bewegen konnte. "Meine"

Krankenschwester rannte deshalb sofort zum Arzt. Die Schwestern auf dieser Station sind zwar speziell ausgebildet und dürfen viele Dinge ohne einen Arzt entscheiden, aber in dieser Situation wusste sie sich auch nicht mehr zu helfen.

Doch es kam noch schlimmer. Da das Medikament, das mir Dr. W. spritzte, einen langen Weg vor sich hatte (wegen meiner "langen Leitung" sozusagen), konnte es nicht sofort wirken. Kurz zuvor hatte ich noch ein anderes Mittel eingenommen, da ich auch mit der Blase Probleme hatte, weshalb ich ganz dringend auf die Toilette musste. Ich bekam fürchterliche Bauchkrämpfe, konnte aber gerade nicht aufstehen ... Den Rest kann man sich denken. Gleichzeitig erbrach ich und konnte mich kaum zum Sitzen aufrecht halten. Dr. W. sah dies, stützte mich ein wenig und hielt mir den Brechnapf, soweit dies durch die Handschuhe möglich war. Er strich mir mit der Hand über den Kopf, um mich zu beruhigen (wie meine Mutter früher), was auch sehr lieb von ihm war. Trotzdem hatte ich wirklich zum ersten Mal richtig Todesangst und flehte Gott an, mir zu helfen.

Ich hing einfach noch zu sehr an meinem Leben und war noch nicht bereit zu sterben.

Ich kann mich nicht mehr entsinnen, wie lange das Ganze gedauert hat, aber mir kam es wie eine Ewigkeit vor. Als alles vorbei war, lag ich total erschöpft in meinem nassen Bett und schämte mich so. Es half aber nichts, ich musste aufstehen, mein Bett frisch beziehen und mich waschen.

Zu allem Übel wurde ich auch noch geröntgt und musste, da es nicht anders möglich war, die schwere Platte für das Röntgenbild selbst halten. Von draußen halfen sie mir, so gut es ging, aber dies war äußerst schwierig, da keiner den Raum betreten durfte. Es war der schlimmste Tag in meinem Leben, denn es kam alles so überraschend und heftig. Ich dachte, kein Mensch kann mir jetzt beistehen.

Abends bekam ich noch Besuch von Verwandten und Freunden. Mir ging es immer noch total elend, und ich musste mich zusammenreißen, um nicht in Tränen auszubrechen. Sie konnten ja nicht wissen, was ich durchgemacht hatte, doch ich konnte ihnen zumindest davon erzählen.

In dieser Zeit im Zelt konnte ich nachts meistens nicht richtig schlafen und dann weinte ich schon ab und zu. Wenn man solche Schmerzen einmal durchlebt hat, kann man erst verstehen, dass der Tod auch eine Erlösung sein kann, wie es in Offenbarung 21, 4 steht:
"Und Gott wird abwischen alle Tränen von ihren Augen, und der Tod wird nicht mehr sein,
noch Leid noch Geschrei noch Schmerz wird mehr sein; denn das Erste ist vergangen..."
Auch der Psalm 56 ("getrostes Vertrauen in schwerer Not") wurde mir in dieser Zeit sehr wichtig:
"Auf Gott will ich hoffen und mich nicht fürchten, was können mir Menschen tun ...
... sammle meine Tränen in deinen Krug; ohne Zweifel, du zählst sie ...
... ich habe dir, Gott, gelobt, dass ich dir danken will, denn du hast mich vom Tode errettet."

Ja, er sammelt die Tränen in einem Krug. Das Leid, die qualvollen Nächte - nichts ist bei ihm vergessen. Die feste Hoffnung auf den lebendigen Gott ist der rote Faden dieses Psalms.

In einer schlaflosen Nacht

Die Tage im Krankenhaus sind schon lang -
aber erst die Nächte!
Da liege ich nun - schlaflos, ruhelos.
Dabei würde mir Schlaf so gut tun.
Wie beneide ich jeden, der schlafen kann.
Für eine Weile vergessen;
eine kleine Weile nicht denken müssen
an die Sorgen, an die quälenden Fragen;
eine kleine Zeit lang nicht gehetzt werden
von einer Hoffnung zur anderen;
nicht geängstigt werden
von einer Aussichtslosigkeit
nach der anderen.
Ich mühe mich ja so ab, ruhig zu werden.
Wenn ich doch vertrauen könnte,
auf dich vertrauen,
mich daran erinnern,
dass du mir schon oft geholfen hast.
Gott, mach du mich ruhig
und lass mich Schlaf finden.

(Bernhard Brauer)

In den Tiefen

In den Tiefen, die kein Trost erreicht,
lass doch deine Treue mich erreichen.
In den Nächten, da der Glaube weicht,
lass nicht deine Gnade von mir weichen.

Auf dem Weg, den keiner mit mir geht,
wenn zum Beten die Gedanken schwinden,
wenn die Finsternis mich kalt umweht,
wollest du in meiner Not mich finden.

(Jörg Zink)

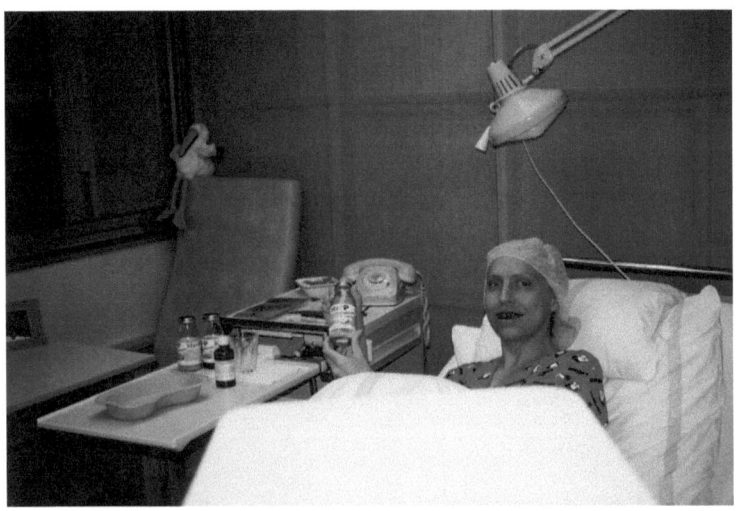

Im "Zelt", September 1994; aufgrund einer Mundschleimhaut-entzündung musste ich mir den Mund mit einer violetten Lösung (Gentiana-Violett) auspinseln

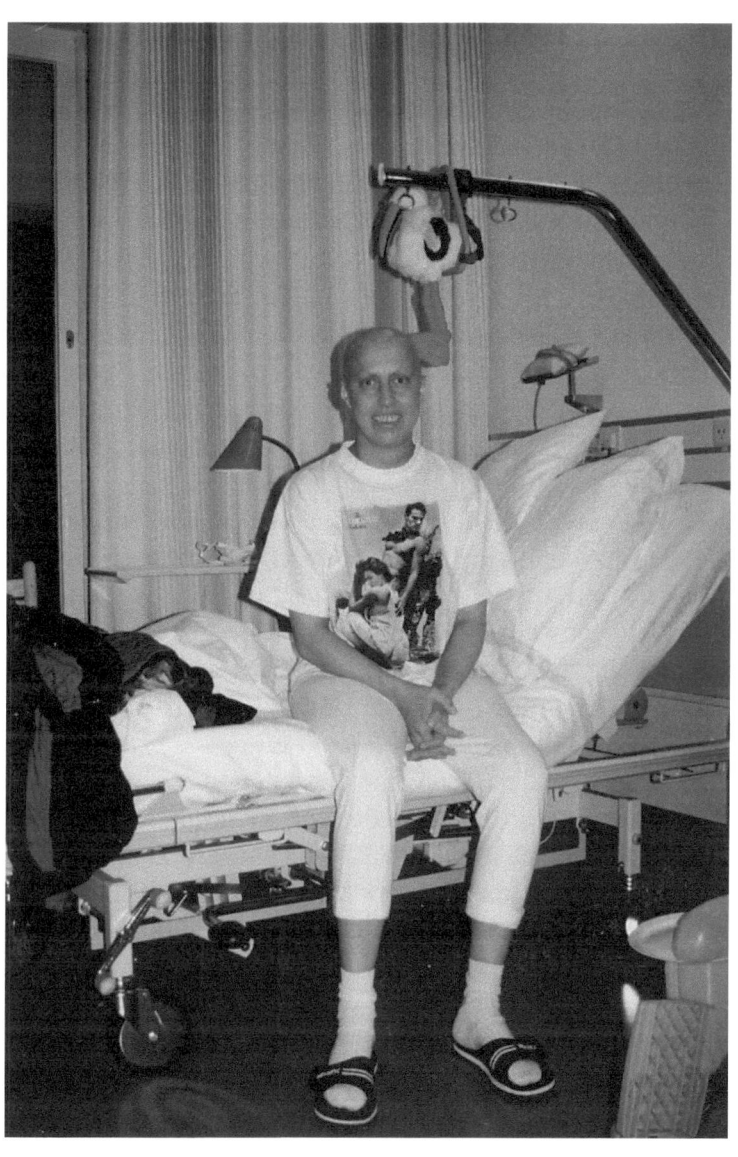

Nach der Transplantation auf der Station A6, Oktober 1994

Noch ein Leben

Nach diesem furchtbaren Tag ging es langsam wieder aufwärts. Die entzündete Mundschleimhaut wurde etwas besser, aber die Thrombozytenzahl (verantwortlich für die Blutgerinnung) wollte nicht so recht steigen. Endlich, am Tag 16, war mein Wert bei 28.000 (die Norm liegt bei 140.000 - 440.000).

Noch vier weitere, schmerzhafte Tage (Sodbrennen, entzündete Blase) musste ich überstehen, bis am Tag 20 mein Zelt geöffnet wurde. Das bedeutete, dass ich wieder menschlichen Kontakt haben durfte. Markus und meine Mutter waren die Ersten, die zu mir hereinkamen.

Das war vielleicht ein unangenehmes Gefühl. Fast drei Wochen war ich total isoliert und geschützt gewesen und hatte nun fast ein wenig Angst vor den ersten Berührungen. Nachdem wir uns aber dann mit Tränen in den Augen umarmt hatten, fühlte ich mich wohler.

Wie in einem Lied von Cae Gauntt konnte ich sagen: *"Du bekommst dein Leben noch mal neu geschenkt"*. Für mich ist es ein Wunder, wenn man diese Zeit überlebt.

Am Tag 23 wurde ich wieder auf die normale Station verlegt. Obwohl ich immer noch allein auf dem Zimmer bleiben musste, bewirkte die andere Umgebung bereits eine deutliche Besserung, und ich erholte mich von Tag zu Tag. Mein Thrombozytenwert war weiter gestiegen (89.000), und ich durfte endlich meine Zähne wieder putzen. Vorher hatte die Gefahr bestanden, dass eine eventuelle Blutung des Zahnfleisches nicht mehr gestillt werden könnte. Auch schmeckte das Essen nicht mehr so künstlich, und ich bekam wieder Appetit. Wer nie etwas entbehren musste, kann nicht verstehen, wie sehr man sich an alltäglichen, für andere selbstverständlichen Dingen freuen kann.

In dem Lied "Leben ohne Schatten" von Jürgen Werth heißt es:

"Leben ohne Schatten ist Leben ohne Sonne. Wer nie im Dunkeln saß, beachtet kaum das Licht.

Leben ohne Tränen ist Leben ohne Lachen. Wer nie verzweifelt war, bemerkt das Glück oft nicht.

Leben ohne Täler ist Leben ohne Berge. Wer nie ganz unten war, schaut gleichgültig ins Tal.

Leben ohne Zweifel ist Leben ohne Glauben. Wer niemals sucht und fragt, dessen Anworten sind schal. Wir danken dir, Gott, für das, was du gibst. Wir danken dir, Gott, weil du immer liebst."

Am 23.09. (am Tag 10 nach meiner Transplantation) stand zu Prediger 11,1-10 in den "Lichtstrahlen" (Bibellese):

"Berechne nicht die Zukunft, sondern nütze den Tag! - Mancher hat zu spät gemerkt, dass er zu viel an morgen gedacht hat, dass der Tag heute wichtig ist. Darum gilt es, an jedem Tag so zu leben, als wäre es ein wichtiger Tag. Dazu gehört Dankbarkeit.

Mit der Dankbarkeit Gott gegenüber lassen sich auch schwere Zeiten anders beurteilen ..."

Wer jetzt aber denkt, dass mit der Transplantation alles wieder im Lot ist, der irrt.

Nun begann eine weitere entbehrungsreiche Zeit für mich und meine Familie. Zu Hause wurde alles für meine Rückkehr vorbereitet, denn auch dort musste ich noch ca. 100 Tage nach der Knochenmarktransplantation in Quarantäne leben. Das bedeutete: kein Kontakt zu fremden Menschen, nur zu den nächsten Angehörigen; Menschenmassen meiden, keine Pflanzen und Tiere im Haus sowie keine Berührung mit Müll. Außerdem durfte ich nur mit Mundschutz und speziellen

Handschuhen das Haus verlassen. Das sah sehr ungewöhnlich aus.

Dennoch kann ich meine Freude nicht beschreiben, als ich endlich wieder vor unserer Haustür stand. Ich musste niederknien und Gott danken, dass er mich vom Tod errettet hatte.

"Lobe den Herrn, meine Seele, und vergiss nicht, was er dir Gutes getan hat:
der dir alle deine Sünde vergibt und heilet alle deine Gebrechen,
der dein Leben vom Verderben erlöst, der dich krönet mit Gnade und Barmherzigkeit,
der deinen Mund (wieder) fröhlich macht ..."

(aus Psalm 103)

Schmerzen

Eine Woche nach meiner Entlassung aus der Klinik bekam ich ganz plötzlich erste, noch erträgliche Schmerzen in den Knien. In der Zeit im Zelt hatte ich ziemlich hoch dosiert Cortison (160mg) bekommen wegen der so genannten "Graft versus Host Reaction" (kurz: GvHR genannt). Mit diesem Begriff wird die Gefahr der Abstoßungsreaktion umschrieben, die durch das Cortison unterdrückt werden sollte. Bei mir waren von dieser "GvHR" vor allem die Schleimhäute im Mund und Darm betroffen. Das bedeutete, dass das Immunsystem meiner Schwester, der Spenderin, manche meiner Körperzellen abstieß, weil diese nicht 100% identisch waren. Bei einer Organtransplantation ist es umgekehrt, da stößt der Körper des Empfängers zuweilen das Spenderorgan ab.

Nun musste ich das Cortison wieder "ausschleichen", d.h. langsam die Dosis reduzieren. Daher kamen also meine Schmerzen, weil ich sozusagen "auf Entzug" war. Hinzu kamen Kopf- und vor allem Magenschmerzen sowie eine extreme Müdigkeit und Zittern.

Inzwischen hatte ich "Halbzeit" meiner 100 Tage in Quarantäne. Zuerst musste ich drei Mal, dann zwei Mal pro Woche nach Tübingen zur Kontrolle. Das war sehr anstrengend, obwohl ich dabei ja nichts tun musste außer warten. Bei einem solchen Termin erfuhr ich, dass auch Gitte J. gestorben war, der ich noch einen "Mutmachbrief" bringen wollte. Sie war die "Nummer 8" der mir bekannten Mitpatientinnen!

Da meine Magenschmerzen stärker geworden waren, wurde eine Gastroskopie (Magenspiegelung) gemacht, die auch nur meine akute "GvHR" bestätigte. Als dann noch häufiges Erbrechen hinzukam, musste ich am 19.12.1994 wieder stationär in die Klinik.

Kurz vor Heilig Abend, am 22.12. (Tag 100 nach KMT) wurde noch eine Koloskopie gemacht, die sehr unangenehm und schmerzhaft war. Da ich die Magenspiegelung ohne Schmerzmittel ausgehalten hatte, dachte ich, beim Darm würde dies auch funktionieren. Weil die Darmschleimhaut jedoch schon gereizt war, spürte ich jede Bewegung des Schlauches.

Bei allem Übel in diesen Tagen durfte ich dafür eines meiner schönsten Weihnachten erleben.
"Unser" Pfarrer Gerhard Weber gestaltete mit seiner Familie diesen für uns unvergesslichen Abend. Mit ihren verschiedenen Musikinstrumenten begleiteten sie den gesamten Gottesdienst.
Pfarrer Weber bat mich, die Weihnachtsgeschichte zu lesen, was für mich dieses Mal etwas ganz Besonderes war.
Auch Silvester verbrachte ich noch in der Klinik. Markus kam abends und brachte eine Flasche Sekt und Knabbereien mit. Da auch Silke im Zimmer nebenan lag, feierten wir gemeinsam ein wenig, obwohl wir kaum etwas essen oder trinken durften. Dafür hatten wir eine tolle Aussicht über Tübingen, weshalb wir zumindest das Feuerwerk genießen konnten.
So ging dieses bewegte Jahr, das mein Leben veränderte, vorüber!!!

Auf einer Karte, die ich bekam, stand ein Liedvers von Eleonore Fürstin Reuß:
"Das Jahr geht still zu Ende, nun sei auch still, mein Herz. In Gottes treue Hände leg ich nun Freud und Schmerz und was dies Jahr umschlossen,
was Gott der Herr nur weiß, die Tränen, die geflossen, die Wunden brennend heiß ..."

Ihr Lied spricht diese extremen Stimmungsschwankungen an, die ich erlebt hatte, aber auch den Trost bei Gott, der mir über diese Zeit hinweggeholfen hat. Es waren Gefühle zwischen Himmel und Hölle.

Schmerz

Herr, ich bin nur noch Schmerzen,
ich bin zerrissen und gejagt.
Ich möchte dem Schmerz davonlaufen,
ich bäume mich gegen ihn auf.

Herr, ich kann nicht mehr sehen,
nicht rechts und links,
nicht oben und unten,
nicht die Menschen neben mir
und nicht Dich.
Allein bin ich
meinen Schmerzen ausgeliefert.

Herr, ich spüre, wie der Schmerz verebbt,
ich werde ruhig, atme auf.
Dann überfällt er mich wie eine Woge,
und ich bin verschlungen
in meinem Schmerz.

Herr, ich bin nur noch Schmerz
und schreie ihn hinaus,
damit man mich hört
und ich nicht allein bin;
damit ich geschehen lassen kann,
was geschehen will.

(aus "Stationen" - Gebete im Krankenhaus)

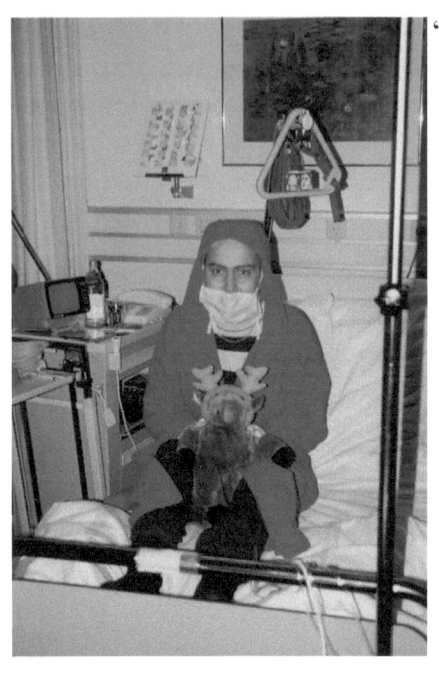

"Nikolaus im Krankenhaus"
Dezember 1994

mein "Überlebenspaket"

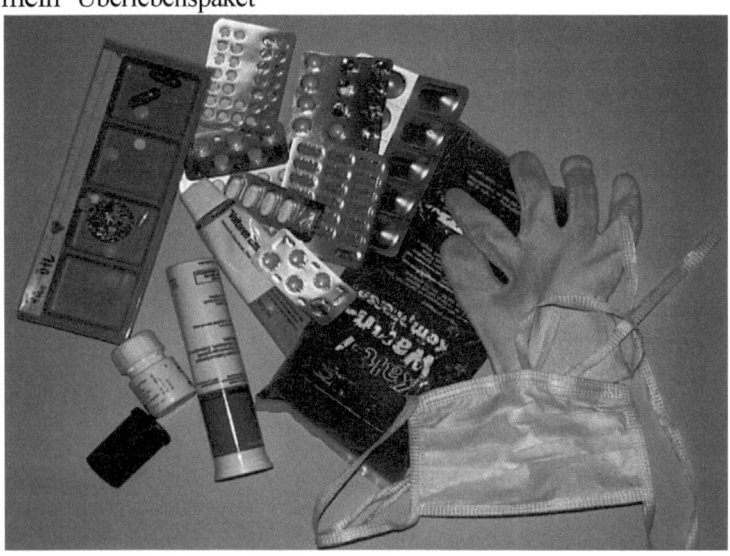

Mary

Das neue Jahr begann genauso, wie das alte geendet hatte, nämlich mit Schmerzen.

Es waren aber nicht nur körperliche, sondern auch seelische Schmerzen, die mich plagten. Ich hatte nicht mehr nur Gelenkschmerzen in den Knien, auch mein Rücken tat weh. Da ich wegen meines angegriffenen Magens keine Schmerztabletten schlucken konnte, bekam ich Spritzen.

Auch am 13.01.1995 konnte ich nachts wieder einmal nicht schlafen und verspürte eine innere Unruhe. Wie schon oft ging ich auf dem Flur hin und her, nachdem ich vom Nachtpfleger meine Spritze bekommen hatte. Dabei kam ich auch am Zimmer von Marion vorbei, die ein paar Tage zuvor wieder stationär aufgenommen worden war. Anscheinend ging es ihr seit der Transplantation schlechter. Draußen vor ihrer Tür konnte ich hören, wie sie drinnen nach Luft rang.

Da ich nicht wusste, was los war, lief ich aufgeregt zum Pfleger und fragte ihn, ob man ihr denn nicht helfen könne. Er antwortete, dass sie versorgt und ihre Schwester bei ihr wäre. Also ging ich wieder zurück in mein Zimmer und versuchte zu schlafen.

Am Morgen danach stand wieder ein leeres Bett auf dem Flur, und mir war klar, dass Mary, wie sie ihre Geschwister liebevoll nannten, tot war. Wir waren mit denselben Voraussetzungen (Spender eigene Schwester) transplantiert worden, und dennoch hatte sie es nicht geschafft. Wir waren alle ziemlich fertig. Silke "Stubbi" hatte einen Spruch geprägt, der mir nun wieder einfiel:

"Grabstein oder Party?"

In der Krankenhauskapelle suchte ich oft Ruhe und Trost. Dort lagen Büchlein, die man mitnehmen konnte. In einem las ich Folgendes:

Mein(e) Bettnachbar(in) ist heute Nacht gestorben.
Das hat mich getroffen. Ich bin erschüttert. Ich bin aufge-
wühlt. Ich bin traurig.
Wie hatte er (sie) sich doch an das Leben geklammert.
Wie hatte er (sie) und ihre Angehörigen gehofft - und jetzt:
gestorben!
Hat er (sie) es geahnt? Was ist in ihm (ihr) vorgegangen?
Tot! Der Tod reißt alle greifbaren, gewohnten Beziehungen
ab - und dann?
Der Glaube sagt: danach kommt ein Leben bei dir, Gott.
Bei dir, so sagt der Glaube, ist Ruhe, bei dir ist Geborgen-
heit, bei dir ist Erfüllung, bei dir ist Glück.
Das will ich glauben für sie und für mich, denn ich weiß,
auch mein Weg geht zu Ende.
Nur du weißt, wann.
Lass mich in all meinen Lebenstagen tun, was ich tun kann.
Für mich selbst, für meine Angehörigen, für meine Freunde,
meinen Platz ausfüllen in der Welt.
Lass mich niemals vergessen:
das Leben ist ein Geschenk, jeden Tag.
Ein Geschenk mit Auftrag, den ich erfüllen will,
so gut und so lang ich kann.

Bernhard Brauer

Der große Unterschied war jedoch, dass Mary nicht nur eine Bettnachbarin gewesen war, sondern eine Freundin! Wie hatten wir letzten Sommer zusammen gelebt, gelacht, gelitten...

Wieder zu Hause

Beim Spaziergang
mit Perücke
und Mundschutz

Entlassung

Nach vier Wochen durfte ich am 20.01.1995 die Klinik wieder verlassen. Nun musste ich zwar nur noch ab und zu in die Tagesklinik, aber mein neues Jahr verlief dennoch nicht gerade langweilig oder ruhig. Meine Gelenkschmerzen waren nämlich keineswegs verschwunden. Meistens wachte ich nachts so gegen 2 Uhr auf und hatte mindestens eine Stunde damit zu kämpfen, nicht durchzudrehen. Es war die Hölle! Meine Kraft und meine Nerven waren am Ende.

Anfangs nahm ich nur bei Bedarf leichte Schmerzmittel. Da diese aber viel zu spät wirkten, bekam ich ein stärkeres Mittel verschrieben. Ich brauchte dazu ein spezielles Rezept, da es zu den Betäubungsmitteln zählt. Meine Quarantänezeit wurde auch länger als 100 Tage.

Vom Cortison hatte ich an Gewicht (73kg) zugenommen, besonders an bestimmten Körperstellen wie Bauch, Kopf und Nacken. Mein Gesicht war kugelrund geworden, ein richtiges "Vollmondgesicht". Da ich auch eine Art Buckel bekommen hatte, sagte ich zu einer der Ärztinnen, dass ich mich wie eine Kuh fühlen würde, der sie ein Joch aufgelegt hätten. Sie lachte und meinte, dass es vielleicht deshalb auch "Stiernacken" hieße.

Außerdem wuchsen mir überall zarte Härchen, im Gesicht bekam ich sogar einen richtigen Bartflaum. Zuerst störte es mich nicht weiter, da ich wusste, dass diese Nebenwirkungen wieder verschwinden würden, sobald ich kein Cortison mehr nehmen musste. Mein Mann und meine Familie gingen ganz normal mit mir um, und zu anderen Menschen hatte ich ja keinen Kontakt. Erst als mich ein Onkel bei einer Beerdigung nur an der Stimme erkannte, wurde mir bewusst, dass ich genauso entstellt aussah wie damals Eveline.

Es war manchmal schmerzlich, oft aber auch lustig, wie an-

dere Leute mit meinem unnatürlichen Äußeren umgingen. Kinder waren meist am ehrlichsten und fragten mich direkt, warum ich so aussehen würde. Da ich immer noch meinen Mundschutz tragen musste, rief z.B. beim Einkaufen ein kleiner Junge: "Mama, Mama, guck mal, ein Arzt!"
In der Pizzeria fragte ein Mädchen seine Mutter: "Warum hat die Frau ihr Halstuch auf dem Kopf?" Da ich mich an die blöde Perücke nicht gewöhnen konnte, trug ich meistens Seidentücher im Piratenlook, was richtig angenehm war und gar nicht schlecht aussah, wie ich fand.

Erwachsene gafften nur und trauten sich nicht, sich z.B. im Kino neben mich zu setzen. Vielleicht dachten sie, ich hätte eine ansteckende Krankheit, weil ich den Mundschutz trug. Dabei musste ich mich doch vor ihnen schützen und nicht sie sich vor mir.

Auch den verschiedenen Taxifahrern, die mich nach Tübingen brachten, musste ich mein Erscheinungsbild oft erklären. Die Meisten waren verständnisvoll und nett. Einer hatte es mit mir echt schlecht getroffen, denn meine Gelenkschmerzen waren inzwischen oft auch tagsüber unerträglich. Ohne Schmerzmittel und Eispack ging ich gar nicht mehr aus dem Haus. Der Taxifahrer wusste sich keinen Rat mehr, und wir fuhren oft Landstraße, damit er wenigstens kurz anhalten konnte.

Wann diese Zeit der Schmerzen dann vorüber war, weiß ich nicht mehr so genau. Auf jeden Fall dauerte sie viel zu lang!

Im März traf ich mich in der Klinik noch einmal mit Silke, und zwar beim Abschiedsgottesdienst "unseres" Pfarrers, der in Rente ging. Ich habe noch heute Kontakt zu beiden, genauso wie zu Eveline.

Da wir Markus´ 30. Geburtstag nicht hatten feiern können, weil ich in Tübingen in der Klinik lag, wurde er Ende April nachgeholt, und wir veranstalteten bei meinen Schwiegereltern ein schönes Grillfest. Mitte Mai konnte ich auch bei der Konfirmation meines Patenkindes Christiana, der ältesten Tochter meines Bruders, dabei sein. Das hat mich besonders gefreut, denn wir haben ein sehr inniges Verhältnis. Sie hatte mir auch oft liebe Worte ins Krankenhaus geschickt.

Ein weiteres erfreuliches Erlebnis waren Ende Mai vier Tage Urlaub mit Markus. Wir fuhren an den Lago Maggiore im Tessin und verbrachten dort eine erholsame Zeit.

Während unseres Urlaubs starben leider in Tübingen wieder zwei Zimmerkolleginnen. Am 01.06. ging ich zur Beerdigung von Esther, 30-jährige Mutter von fünf Kindern. Sie hatte nach der Transplantation noch im Zelt eine Hirnhautentzündung bekommen.

Auch Iris W. war am 25.05., am selben Tag wie Esther, gestorben. Man hatte ihr ein Bein amputieren müssen, aber der Krebs hatte sich schon weiter ausgebreitet.

Im August hatte ich mein bis dahin letztes trauriges Erlebnis. Meine Mutter war zur Kur im Schwarzwald, ganz in der Nähe von Edith´s Wohnort. Ich war ein paar Tage bei meiner Mutter zu Besuch und wollte deshalb auch bei meiner ehemaligen Zimmergenossin vorbeischauen. Als ich bei Edith zu Hause anrief, erklärte mir ihr Mann, dass sie vor ein paar Tagen (!) beerdigt worden sei. Das war ein richtiger Schock für mich. Ich war unfähig, etwas zu sagen, ihrem Mann mein Mitgefühl auszudrücken. Ich konnte und wollte nicht glauben, dass sie tot war. Sie war zwar erst 44 Jahre alt, als wir uns kennen gelernt hatten, doch war sie immer Vorbild für uns gewesen und fast so eine Art Mutterersatz.

Später erfuhr ich noch, dass Anneliese im Herbst 2001 starb. Nach sieben Jahren gilt man zwar als geheilt, dennoch hatte sie einen Rückfall bekommen und war ein zweites Mal transplantiert worden. Ich hatte noch mit ihr telefoniert, und sie hatte mir erzählt, dass die Transplantation gar nicht mehr so schlimm gewesen sei wie 1994.

Entlassung

Ich kann wieder aufstehen und mich bewegen.
Mir ist geholfen worden.
Ich war ganz am Boden.
Aber nun stehe ich wieder aufrecht und biegsam
wie das Riedgras im Sommerwind.
Gott, du hast mich Gutes erfahren lassen.
Es gibt Menschen, die mir geholfen haben.
Wie kann ich meinen Dank ausdrücken?
Es sollen nicht nur Worte sein.
Wenn ich jetzt entlassen werde,
wenn der Alltag wieder auf mich zukommt,
dann will ich die guten Erfahrungen nicht vergessen,
die ich gemacht habe.
Ich möchte dankbarer, besser, intensiver leben.

(aus "Stationen" - Gebete im Krankenhaus)

Konfirmation meines Patenkindes Christiana

Nachwort

Seit diesen Erlebnissen sind nun fast 10 Jahre vergangen. Einiges hat sich in der Zwischenzeit verändert. Sowohl in Tübingen als auch bei mir privat.

Die "Life Island" sieht heute ganz komfortabel aus. Vieles wurde modernisiert und verbessert, so dass die Transplantierten sich darin vielleicht wohler fühlen können und besser versorgt wissen. Mir hat damals allerdings das oft freundschaftliche Verhältnis auch zu Schwestern und Pflegern mehr geholfen, als es räumlicher Luxus getan hätte.

Sicher werde ich die Begegnungen mit all diesen Menschen nie vergessen, auch wenn sie oft schmerzlich waren. Aber mein Leben ist dadurch reicher und kostbarer geworden. Jedes Jahr feiere ich nun vor allem mit meiner Schwester Karin zwei Geburtstage, also auch den 13. September.

Da die Zeit das kostbarste,
weil unwiederbringlichste Gut ist,
über das wir verfügen,
beunruhigt uns bei jedem Rückblick
der Gedanke etwa verlorener Zeit.
Verloren wäre die Zeit,
in der wir nicht als Mensch gelebt,
Erfahrungen gemacht, gelernt, geschaffen,
genossen und gelitten hätten.
Verlorene Zeit ist unausgefüllte leere Zeit.

(Dietrich Bonhoeffer)

Mein Leben danach, also nach der KMT, ist keineswegs einfacher geworden, aber davon werde ich wohl in einem weiteren Buch berichten. Wir hören uns. Geben Sie niemals auf, kämpfen Sie weiter. Denn wie heißt es so schön:
"Wer kämpft, kann verlieren.
Wer aber aufgibt, der hat schon verloren."

"Leben retten und gleichzeitig gegen das Böse kämpfen: was sonst nur Superhelden in Comics schaffen, ist jedem Bürger mit der Stammzellenspende möglich ..." So heißt es in einer Broschüre der Deutschen Knochenmarkspenderdatei - kurz DKMS -, mit der sie Menschen dazu gewinnen möchte, sich typisieren zu lassen, damit sie in die Datei aufgenommen werden können. Deshalb möchte ich Sie, liebe Leser, auch dazu aufrufen und ermutigen, an dieser Aktion teilzunehmen. Herzlichen Dank im Voraus!

DKMS GmbH
Kressbach 1
72072 Tübingen
e-mail: post@dkms.de   www.dkms.de

Auch ich möchte die DKMS unterstützen und werde 1 Euro pro vekauftem Buch an sie überweisen.

"vorher", September 1993

"nachher", April 1995

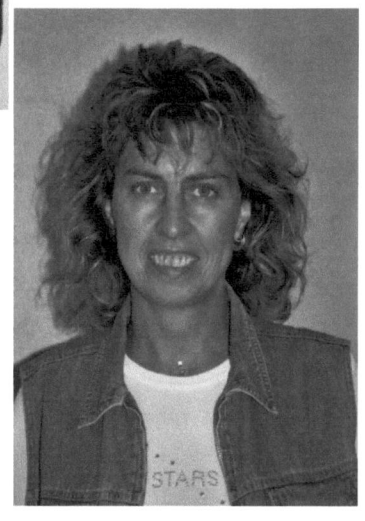

"heute", September 2003

Begriffserklärungen

Anämie

Blutarmut; zusammenfassende Bezeichnung für Erkrankungen, beruhend auf einer Verminderung des Hämoglobins (roter Blutfarbstoff) oder der Erythrozyten (rote Blutkörperchen) im Blut

Perniziöse Anämie

schwere anämische Erkrankung, bedingt durch das Fehlen eines von der Magenschleimhaut ausgeschiedenen Stoffes (Intrinsic-Factor), was zu Vitamin B12-Mangel und damit zu Störungen der Blutbildung führt

Biopsie

Untersuchung von Gewebe, das dem lebenden Organismus entnommen ist

Chemotherapie

Behandlungsverfahren, bei dem mit bestimmten Medikamenten das Wachstum von Krebszellen gehemmt werden soll

Endometriose

Vorkommen verschleppten Gebärmutterschleimhautgewebes außerhalb der Gebärmutter

Gewebemerkmale

Merkmale auf den Körperzellen (HLA-Antigene), anhand derer das Immunsystem eigenes von fremdem Gewebe unterscheiden kann. Jeder Mensch besitzt für ihn typische Merkmale.

Bei einer Knochenmarktransplantation kommt es auf eine möglichst vollständige Übereinstimmung dieser Merkmale bei Spender und Empfänger an.

Graft-versus-Host-Reaction (engl.)

übersetzt: Reaktion des Transplantates gegen den Empfänger. Mit dem Knochenmark transplantierte Immunzellen (T-Lymphozyten) des Spenders erkennen die Körperzellen des Patienten als fremd und reagieren dagegen. Es handelt sich somit um eine umgekehrte Abstoßungsreaktion.

Hämoglobin

Farbstoff der roten Blutkörperchen; dient dem Transport, der Bindung und der Abgabe des Sauerstoffs

Immunsystem

Aus mehreren Organen bestehendes System, das den Körper in die Lage versetzt, Infektionen abzuwehren, und das ihn befähigt, zwischen eigenem und fremdem Gewebe zu unterscheiden

Infusion

Einführung größerer Flüssigkeitsmengen (z.B. Kochsalzlösung) in den Organismus, besonders über die Blutwege (intravenös)

Knochenmark-Entnahme

Gewinnung von Knochenmark durch wiederholte Punktion des Beckenknochens

Knochenmark-Transplantation (KMT)	Übertragung von Knochenmark auf einen Patienten, bei dem durch eine intensive Vorbehandlung die eigene Blutbildung völlig zerstört wurde
allogene KMT	Knochenmarkübertragung von einem Familienmitglied oder einem nicht verwandten Spender auf einen Patienten
autologe KMT	Knochenmarkübertragung vom Patienten selbst, wobei das Knochenmark zuvor eingefroren wurde
Leukämie	wörtl.: "weißes Blut", Blutkrebs; bösartige Erkrankung mit Vermehrung von unreifen und funktionsunfähigen Leukozyten (weißen Blutkörperchen) im Knochenmark und im Blut
myeloische L.	von Knochenmarkzellen ausgehend, die zu Granulozyten, Erythrozyten oder Thrombozyten werden sollten
lymphatische L.	von Knochenmarkzellen ausgehend, die zu Lymphozyten werden sollten
Leukozyten	weiße Blutkörperchen; kernhaltige, farblose Blutzellen

Mastozyten	Mastzellen; den basophilen Granulozyten eng verwandte, große, rundliche Zellen, die vor allem im lockeren Bindegewebe von Haut, Lunge und Magen-Darm-Trakt vorkommen
Petechien	punktförmige Blutungen aus den Kapillaren; kommen bei Thrombozytenmangel vor
Plasmozytom	Entartung und Vermehrung der Plasmazellen des Knochenmarks
Pneumonie	Lungenentzündung; Bezeichnung für alle durch Bakterien, Viren und Pilze verursachten, herdförmigen und diffusen Entzündungen in der Lunge
Punktion	Entnahme von Flüssigkeiten aus Körperhöhlen oder Organen durch Einstich mit einer Hohlnadel
Stammzellen	Mutterzellen aller Knochenmark- und Blutzellen
Strahlentherapie	Kontrollierte Anwendung von hoch energetischer Röntgenstrahlung zur Behandlung von bösartigen Erkrankungen

Thrombozyten   Blutplättchen; scheibenförmige,
                        farblose, dünne Blutzellen, welche die
                        Blutgerinnung einleiten

Transfusion   Blutübertragung; intravenöse Verabrei-
                        chung von Blut oder Blutbestandteilen
                        (Erythrozyten, Thrombozyten); Blut
                        übertragung von einer Person (Spen-
                        der) auf eine andere (Empfänger)

Typisierung   Bestimmung der Gewebemerkmale
                        (HLA-Antigene). Aufgrund dieser
                        Untersuchung kann entschieden
                        werden, wer für einen bestimmten
                        Patienten als Spender von Knochen-
                        mark geeignet ist.

Zelt   Keimarme, zeltähnliche Isoliereinheit
                        in einem Krankenzimmer, in der der
                        Patient nach der KMT behandelt wird

Quellenverzeichnis

S. 14   "Jesus, unser Friede", Wilhelm Busch
Gerth Medien GmbH

S. 15, 18, 38,   "Gott, verstehst du mich?"
S. 55, 65   Gebete aus Krankheitserfahrungen
Bischöfliches Ordinariat der Diözese
Rottenburg-Stuttgart

S. 29, 62, 70   "Stationen"
Gebete im Krankenhaus
Quell Verlag, Stuttgart

S. 49   "Spuren im Sand"
Ein Gedicht und seine Geschichte
Originalfassung des Gedichts Footprints
© 1964 Margaret Fishback Powers;
deutsche Fassung des Gedichts
"Spuren im Sand"
© 1996 Brunnen Verlag, Gießen

S. 44   "In Gedanken"
Musik und Text: Hartmut Engler, Ingo Reidl
© by Abenteuerland Verlagsgesellschaft/
Arabella Musikverlag GmbH
BMG Music Publishing Germany, München

Als letztes von vier Kindern wurde Barbara Oettinger am 17.12.1963 in Pforzheim geboren.

Nach dem Abitur und einer Schreinerlehre studierte sie an der FH in Karlsruhe Architektur. In diesem Beruf arbeitete sie bis zu ihrer Erkrankung.

Sie lebt heute mit ihrem Ehemann in Remchingen - Wilferdingen.

Kurz nach ihrem 30. Geburtstag fühlt sich Barbara Oettinger körperlich zusehends schlechter.

Sie wirkt blass und müde, kann ihre alltäglichen Aufgaben nicht mehr voll erfüllen.

Da sie und ihr Mann sich Kinder wünschen, glaubt sie schwanger zu sein. Es beginnt für sie eine Ärzte-Odyssee.

Dann nach langem Hoffen und Bangen die Diagnose: Verdacht auf Leukämie.

Ihr Buch beschreibt den oft schwierigen Weg bis zur Knochenmarktransplantation. In einer der "Life Islands" (= sterile Einheit) wird sie auf diesen Eingriff vorbereitet und danach auch behandelt.